# 組曲虐殺

井上ひさし

集英社

目次

第一幕

第二幕

# 組曲虐殺

ひと

小林多喜二《こばやしたきじ》（作家）

佐藤《さとう》チマ（多喜二の実姉）

田口瀧子《たぐちたきこ》（多喜二の恋人）

伊藤《いとう》ふじ子《こ》（多喜二の妻）

古橋鉄雄《ふるはしてつお》（特高刑事）

山本正《やまもとただし》（特高刑事）

ピアニスト

## とき

「一」は大正五年（一九一六）。「二」からは昭和五年（一九三〇）五月下旬から、昭和八年（一九三三）二月下旬までの、二年九ヵ月間。

## ところ

大阪府警島之内《しまのうち》署取調室／東京府下杉並町立野信之《たてののぶゆき》借家／豊多《とよた》摩《ま》刑務所南房《なんぼう》二階独房／杉並町馬橋《まばし》多喜二借家／麻布区麻布十番に近い麻布アパート一室／麻布十番山中屋果物店二階「パーラーヤマナカ」／馬橋多喜二借家の前／街頭その他。

# 第一幕

# 一　プロローグ「代用《だいよう》パン」

客席が暗くなると——舞台奥から中央へ、滑るように移動してきていたピアノで、ピアニストが短い前奏曲を弾いている。

やがて——六人の俳優が登場。手分けして「代用パン」を歌う。

**全員**
小林三ツ星堂パン店
小樽で一番のパン屋さん
甘いアンパン　アンコでパンパン
とろとろとろとろける　クリームパン
海軍御用《ごよう》の　食パンなども

羽根を生やして　売れて行く
このパンあのパン　どのパンも
お昼前には　売れ切れる
小林三ツ星堂パン店
三ツ星印のパン屋さん
小林三ツ星堂パン店
北海道一のパン工場《こうば》
パン焼き竈《がま》から　上がる黒煙《くろけむ》
飛び散るパン粉の　白煙《しろけむり》
きびきびうごく　職人さんは
小僧を入れて　二十人
アンコをつめるには　小さなヘラで
パンを取り出すときは　大ヘラで
小林三ツ星堂パン店
北海道一のパン屋さん

**女優たち**

けれども売れないパンがある
甘く煮つけた赤小豆《あずき》のつぶを
パラパラ散らした代用パン
一番安いのに一番売れない

**少年（のちの小林多喜二）**

代用パンは安いんだ
だれもが買えるはずなんだ
貧しい人にも買えるのに
売れ残るのはなぜなんだ

**男優イ（台詞《せりふ》。のちの山本刑事）**　もさっとしてたばいけねえよ。え、居候さんよ。

（少年を小突いて去る）

女優たち
少年の名は多喜二くん
親方さんの甥《おい》っ子さん
親方屋敷に住み込みの
小樽商業一年生

少年
そうか
だれかが　貧乏な人だちから
代用パンを買うカネを
くすねているんだな

男優ロ（台詞。のちの古橋刑事）　怠けるんでない。学校へ行けるのは、どなた様のおかげだと思ってんだよ。おい、配達に行くぞ。おれと来《き》い。（少年を引き立てる）

**少年**
はてな
どこのどいつがどんな手品で
代用パンを買うカネを
くすねているんだろう
はてなはてな……（引き立てられて行く）

女優たち、見送ってから、もとのメロディに戻る。

**女優たち**
小林三ツ星堂パン店
日本で一番のパン屋さん
月謝をだすぞと　恩着せがましく
朝から晩まで　こき使う
身を粉《こ》にしたのが　小麦粉で
はてなはてなが　パンの種

汗と涙で　お味をつけて
ホンモノの作家を　焼きあげる
小林三ツ星堂パン店
日本で一番のパン屋さん

小林三ツ星堂パン店
日本で一番のパン屋さん！

女優たち退場。
短い間奏曲を弾きながら、ピアニストも舞台奥へ遠ざかって行く。

# 二　ロープ

「一」から十四年後、昭和五年（一九三〇）五月下旬の午前九時すぎ。

大阪の、道頓堀に近い島之内《しまのうち》警察署取調室。

四角な部屋。出入口は上手、下手に一つずつ。ともに板の引戸。上手の先は拷問《ごうもん》部屋で下手の先は廊下だが、客席からは見えない。室内には粗末な木机と丸椅子が数脚。

やがて、廊下側の引戸が開き、古橋鉄雄特高刑事が黒表紙の書類綴に目を落としながら入ってくる。つづいて、山本正特高刑事。

古橋　（ふと目を上げて）けさ、留置場へぶち込んだという男のことだが……きみ、山本くんだったたっけ、そいつはたしかに（書類綴を示して）この小林多喜二なんだね。
山本　（引戸を閉めながら）はい。いまのところ、せいいっぱい強情を張って完全黙秘を決め込んでいますが、小林多喜二にちがいありません。ゆうべも、（書類綴を指して）そいつの出た講演会に潜り込んで、面《つら》がまえから体つきまでしっかりと頭に叩き込んでおきました。たしかに多喜二です。
古橋　……すまん。また、同じことを聞いてしまった。
山本　いえいえ。それで、その講演会というのが……あ、「戦旗《せんき》」を知っとられますか。戦う旗と書いて戦旗、いま、アカのあいだで引っぱり凧《だこ》のアカの月刊誌です。ここ大阪島之内署の、わたしら特高課の調べでは、「中央公論」、「改造」、そして戦旗が、アカの三大愛読誌です。
古橋　神戸港では、その戦旗にだいぶお世話になったよ。
山本　……は？
古橋　今日からきみと組むことになったが、その挨拶がわりに、組合つぶしのコツをあかしておこうか。なに、簡単なことなのさ。戦旗の所持者とみたら問答無用でしょっぴく。それだけで組合はつぶれる。組合の中心にいる連中はみんな戦旗の愛読者だからね。中心を抜いてしまえば、組合はただの烏合《うごう》の衆《しゅう》になる。この手で神戸港の沖人足《おきにんそく》組合から浜人足《はまにんそく》組合まで、港中の組合という組合を片っ端からつぶして回っていた。まさに戦旗さまさまですよ。

**山本**　（恐縮して）「特高古橋、鬼より怖い、神戸の組合みなごろし」とまでうたわれた古橋さんに、戦旗の説明なぞしてしまって……反省します。今日からアカつぶしの勉強をさせてください。

**古橋**　組合つぶしのその腕を貸せといわれて、神戸へ引っ張り出されていたんだが、五年ぶりに古巣へ舞い戻ってきた。いわば帰り新参、よろしくな。それで、講演会がどうしたって？

**山本**　戦旗に集《たか》っているアカの物書きが六人、「守れ戦旗を・関西講演会」という、罰あたりな旗を押し立てて大阪に繰り出してきた。もちろんその旗頭《はたがしら》は、いま貧民どもにバカ人気の（古橋の持つ書類綴を指して）そいつです。うちの署のエライさんたちも、「このさい、徹底的にうちのめしておけ」という方針ですから、講演会をメッチャメチャにする算段を立てたわけですが……、

**古橋**　弁士が本論に入った瞬間、立ち会い巡査が「中止！」とどなるってやつか。

山本　……はあ。
古橋　あの手は効くよ。
山本　効きませんでした。（書類綴を指して）そいつ、すごい手を打ってきたんですよ。
古橋　……すごい手？
山本　いきなり本論から入ったのです。すかさず立ち会い巡査がサーベルをガチャンとならして「中止！」とどなった。ここまでは筋書きどおりでしたが、なんとそいつはニッコリ笑って、ポケットから出した新聞の切り抜き記事を高く掲げて、「いま、わたくしが申しあげたひとことひとことは、けさの『大阪朝日新聞』の社説の出だしそのままであります。けさの朝日は発売禁止になっていないのに、この会場でわたしがそのまま読み上げると演説中止になる。さよう、わが国の警察権力は、わたしの演説よりも、この集会そのものが気に入らないのであります」。
古橋　（感心して）やるねえ。
山本　やられました。そいつ、ますます図に乗って、「わたくしたちの雑誌戦旗は、貧富の格差を憂い、貧民の立場からこの社会をどう変革すべきかを問う読者諸君によって支えられています。警察権力は、そういう読者の志が一つところに集まることを怖れているのです。だから中止！　となるわけです」……。

古橋　立ち会い巡査はどうした？

山本　会場全体から沸き起こる拍手のなかで、立往生してました。

古橋　（感心して）できるねえ。

山本　警察がここまで侮辱されていいはずない！　そこで会場から尾行して、ゆうべの宿屋を突き止め、ぐっすり寝入っているところを、治安維持法違反容疑でしょっぴいてきました。それが本日未明のことであります。

古橋　こりゃあ、一筋縄や二筋縄では行かないぞ。

山本　同感です。

いきなり上手の引戸が開く。その引戸際の床に、ロープがはげしく数度、打ちつけられる。引戸、すぐ閉まる。

古橋　……ほう、エライさんが拷問係を仕立ててくれていたようだな。

山本　（うなづいて）いまのは、うちの剣道部切っての猛者《もさ》です。

いきなり下手の引戸が開いて、多喜二が外から突き飛ばされたように入ってくる。引戸、外からピシャリと閉まる。多喜二、よろめきながら木机にしがみつき、辛うじて丸椅子に腰を落ち着ける。

古橋は、また書類綴に目を落とし、山本は多喜二を睨《にら》みつけている。やがて、

山本　小林多喜二だな？
多喜二　……。
山本　ゆうべは、いいように警察をからかってくれたな。自分もあの会場にいて、きさまの得意顔をこの目にしっかりと焼きつけておいた。もう、ごまかしはきかんぞ。小林多喜二だな。
多喜二　（肚《はら》を据えたところ）……。
山本　きさまは、赤い結社の地下本部に献金している。そうだな？
多喜二　……。
山本　畏《おそ》れ多くも上御一人《かみごいちにん》に対し奉り、謀反の矢を放とうという恐ろしい結社なん

だよ、アカってのは！　この尊い神の国を根本《ねもと》から引っくり返そうと企んでいるんだよ、あいつらは！　大逆犯の予備軍なんだよ、あの連中は！　小林！　そういう結社に活動資金を出せばどうなるか、わかっているんだろうな。

**多喜二**　（かすかに震えたようだが）……。

**山本**　治安維持法第一条にこうある、「結社ノ目的遂行ノ為ニスル行為ヲ為シタル者ハ二年以上ノ懲役ニ処ス」とな。二年以上の刑務所暮らしなんだよ、小林！　カンパをだれに渡した？

**多喜二**　……。

**山本**　自分から本名を明かし、カンパを渡した相手の名前を吐け。そうしたら五分後には、すぐそこの道頓堀で、大好きなコーヒーが飲める。さあ、だれにカンパを渡したんだ？

**多喜二**　（口もとをいっそう堅く締める）……。

**山本**　（机をバシンと叩いて）いい加減にしろよ、小林！

古橋、指でこつこつと書類綴を打っていたが、ふと目を上げると、世間話のような口調で、

古橋　いやあ、すばらしい伯父さんがいたものだねえ。

多喜二　（「ン？」）……。

古橋　小樽署からの報告書、そしてその他の資料を突き合わせてみると、この男の伯父さんは、わざわざアメリカから取り寄せたトラック自動車で、パンを配達させていたらしい。道頓堀や心斎橋あたりの一流のパン屋さんでさえ、まだ荷車やリアカーで配達しているというのに、北の国の小樽で、もう自動車ですよ。この伯父さん、たいした事業家なんだねえ。

多喜二は黙秘をつづけ、山本は古橋の真意をはかりかねてポカンとしている。

古橋　この伯父さんのほんとうにすごいところは、秋田の片田舎を食い詰めて、内地から見捨てられていた弟さん一家を、つまりこの男の一家を、小樽へ呼び寄せてあげたってこと。なかなかできることじゃありませんね。

多喜二　……。

古橋　この男は小学校の六年間無欠席で、しかもずば抜けて成績がよかった。丈夫なお利口さんてわけだね。そこを見込んで伯父さんは、この男を引き取った上、小樽商業と小樽高商で勉強させてやった。こりゃ美談ですわ。

多喜二　（ちょっと違うが、反応しない）……。

古橋　この男の書くものは主として戦旗に掲載されている。

山本　（これには付いて行ける）『一九二八年三月十五日』と『蟹工船』、いずれも掲載誌は戦旗でした。

古橋　戦旗は発売と同時にいつも発売禁止処分になる。なにしろあれはキケンな雑誌ですからね。ところが、発禁になっているにもかかわらず、部数はつねに二万部を超えている。売られていないのに売れているから、ふしぎだ。でも、タネを明かすと、全国各地にいる秘密販売人がこっそり売りさばいているんですね。フツーの会社員や学校の先生やお店の店員さんが、何気ない顔で周りの人に、「これ、ホントウのことが書いてある雑誌ですよ」とささやいて、買わせているんですね。ところで、小樽署は、この男の、三つ年上の姉さんであるチマさんに、とても興味を持っているようです。小樽市の小さな銀行の銀行員と結婚して、いまは佐藤姓になったチマ姉さん。小樽署は、このチマさんもその秘密販売人の一人ではないかと疑っているんですね。

姉がそんなことまでしてくれているのかと、多喜二の心が動く。山本はまだ、古橋の真意が呑み込めずにいる。

**古橋**　さて、小樽高商を出て、北海道拓殖銀行小樽支店に勤めることになったこの男は、あるとき、市内の小料理屋で働いていた五つ年下の、田口瀧子という酌婦《しやくふ》に恋をしました。酌婦というのは、客の求めがあれば体を開く女のことですが、この男は、瀧子が背負《しよ》っていた借金五百円をきれいに払って、自宅に住まわせることにしました。この五百円も、愛する甥っ子のためならばと、伯父さんがこころよくポンと……、

**多喜二**　（ついに）ちがう。

**古橋**　（鋭く）どこが。

**多喜二**　伯父が愛しているのはソロバンだけだ！　瀧子の借金は銀行の冬のボーナスと、友だちから借りたお金で払って、いまも月賦で返している。出すものは、吐く息、オシッコさえ惜しいが口癖の、あの守銭奴の伯父がそんなお金を出すも

のか。それから、パン工場ではパン粉にまみれていつも雪だるまのようになってはたらき、そのあとは伝票を切ったり帳簿をつけたりして伯父の会社の帳場を守った。もらった学資は二倍にも、三倍にもして返している。伯父は最初からそれを見込んでいた。つまり伯父は、万事ソロバンづくの冷徹な打算家なんだ。（気づいて）……あ。

**古橋**　だからこそ財を成すことができたんじゃないのかな。ありがとう。小林多喜二くん。

**多喜二**　（ガックリとなる）……。

ポンと書類綴を机に投げ出した古橋を、山本、尊敬の眼差《まなざ》しで見て、

**山本**　勉強いたしました。

**古橋**　きみが真っ正面から強面《こわもて》で攻めてくれたおかげですよ。

**山本**　……！

さらに感動を深めた山本、古橋を仰ぐように見つめている。

多喜二　わたしがわたしであると知られてしまった以上は……言いたいことを言わせてもらいます。いいですか。

山本　いいなんてものじゃないって！　大歓迎だよ。さ、洗いざらい吐いて、ラクになろうな。

手帳を出して鉛筆をなめなめ身構える山本、部屋の中を静かに歩き回り始める古橋。

多喜二　パン工場は夜明けの四時には動き出す。あれは忘れもしない商業学校一年の、十二月の期末試験の朝だった。勉強机でうとうとしているうちに、いやな夢にうなされて、ハッと目を覚ますと、四時をもう五分もすぎている。いけない、工場はもう動き出している！

山本　パン工場の話はもういいって！　カンパをだれに渡したか、それを訊いているんだよ。そいつの名前がわかれば、あとは芋蔓式《いもづるしき》だ、アカの地下本部へ一直線だ。小林っ、あっさり吐け！

古橋、「話を聞いてやりなさい」という身振り。

山本　(古橋にうなづいて)……それで、動き出したパン工場がどうした。ソーラン節に合わせて踊っていたとでもいうのかね。

多喜二　伯父の平手打ちが何枚も待っていた。「遅刻するとは居候のくせに図々しい」が一枚目、「だれのおかげで学校へ行かせてもらっているんだ」が二枚目で、「自分の食《く》い扶持《ぶち》ぐらい自分で稼げ」が三枚目……。

山本　遅刻したおまえが悪いんじゃないのか。

多喜二　三枚目で粉袋の山へ突っ込んだわたしを、工場の裏口の外から、父が見ていた。目から頰へ氷柱《つらら》が二本、貼りついていた。流した涙が朝のシバレで凍りついたのだ。

山本　(さすがに言葉を失う)……!

古橋　きみの父親は、パンの行商をしていたんだっけね。

多喜二　(うなづいて)毎朝、パンを仕入れにきていた。伯父は、わたしを打《ぶ》っているところを、父に見せたかったのでしょう。そうすることで父に恩を着せていたんでしょう。あるいは、いつまでも行商に甘んじている才覚のない弟のことが歯がゆかったのかもしれません。とにかく、ペンを持つたびに、原稿用紙の上に、あの朝の光景が浮かび上がってくる。

**古橋**　……原稿用紙の上に？

**多喜二**　原稿用紙がスクリーンなんです。（手を胸に当てて）このあたりがうずうずとうずいたかと思うと、あの朝の光景が原稿用紙の上に……（あきらめて）わかってもらえないだろうなあ。

**古橋**　そんなことはないさ。だれにだって、つらい光景の一つや二つはあるからね。……二十六年前、日露戦役の戦死者のなかに、東京谷中《やなか》の若い大工がいた。あとにのこされたのは、病弱な妻と五歳の男の子だ。彼女は大阪で大工の棟梁《とうりよう》をしている実の兄をたよることにした。

山本、「その男の子って古橋さんですよね」と身振り。

**古橋**　（それには応ぜずに）無類の酒好きだった兄は、間もなく、酔いを残した足を滑らせて屋根から落ちた。兄を追うように彼女もはかなくなったが、男の子には、母親の最後のことばが忘れられない。「これからはひとりでたいへんだけど、でも、お酒だけはおよしよ」。……わたしには盃《さかずき》の底がそのスクリーンてやつかな。盃の底からいつも母親が「およしよ」と声をかけてくる。いまでも、酒は苦手だよ。

**山本**　自分のスクリーンは、玄関口です。

**多喜二・古橋**　（口々に）……玄関口？

**山本**　（うなづいて）七年前、例の大震災で、うちのあった神田猿楽町《さるがくちょう》も焼けてなくなった。自分が助かったのは、ちょうど蔵王に登っていたからで、中学のときは山岳部にいたんですよ。大阪に遠い身寄りがあったのを思い出して、野宿をかさねて訪ねて行くと、厄介者がきたといわんばかりの渋い顔が、玄関口にずらっと並んでいた。あのときの白い目……（一気に思いが溢れてくるが、踏み止《とど》まって）だから、いまでも玄関口が苦手で、アカの隠れ家《アジト》に踏み込むときも、裏口組に回してもらっている……（本来の仕事を思い出して、怒鳴る）カンパをだれに渡したんだ！

**多喜二**　……。

**古橋**　（ややきびしく）弟思いの姉がいて、身請けしてしまうほど好きな女《ひと》がいる。

小樽の借家でほそぼそとパンを商う母親の髪にも白いものが目立つようになった。どうしてまわりにいる大切な人たちを、しあわせにしてあげようとしないのか。

（吐き捨てるように）よくわからんな。

多喜二　（切ない）……！

山本　吐いてしまえばそのあとに、たのしい暮らしが待っているってのに、コーバーヤーシー、なに考えてんだよ！

古橋　フッーの小説を書きなさい。そうしてしあわせな生活をたのしみなさい。わたしなどは菊池寛のすれちがい恋愛ものなんか好みだな。きみにも書けますって。

多喜二　……。

古橋　いや、暴力をふるう場面や放火する場面が得意だったね。ギャングものなどはどうかしら。股旅《またたび》ものもいい。とにかく、出るたび買って読みますよ。

多喜二　……。

古橋　しばらく温泉でゆっくりひと休みって手もあるな。それぐらいの余裕はあるんでしょ。

山本　そりゃあるはずですよ。こいつの本、あいかわらずよく売れていますからね。

多喜二　伏せ字だらけのページを束ねたもの、あれが本ですか。

**古橋・山本**　（口々に）……伏せ字？
**多喜二**　たとえば『蟹工船』。大事なところがみんな×××と、伏せ字になっている。たしかこんな調子だ。〈今までの日本のどの××も、ほんとうはみな、ひとにぎりの大《おお》××の指図で、動機だけは色々にこじつけて、××されたものなんだよ〉。

（×の読みは「バッ」）
古橋と山本、一瞬、気を呑まれる。

**多喜二**　いまの××を、もとに戻しましょう。わたしはこんなふうに書いたんだ。（以下、傍線を強くいう）〈今までの日本のどの戦争も、ほんとうはみな、ひとにぎりの大金持の指図で、動機だけは色々にこじつけて、起こされたものなんだよ〉。
**古橋**　（いままでにない声で）だまれっ！
**山本**　きさまァ。警察署のなかで、なんてことをいうんだ！
**多喜二**　そうして、この大金持の御用をうけたまわっているのが、銀行と官庁と大会社で、これらを守るために、××の、××と××がいる。

古橋・山本　……？

多喜二　これを本来に戻すと、……これらを守るために、天皇の、陸軍と警察がいる。

古橋　伏せ字のままでいい！

山本　伏せ字でしゃべれ！

多喜二　これが手品だ、貧しい人たちが代用パンさえも買えないようにしているカラクリなんだ。おかしいでしょう、こんな世の中って。

古橋　口をきいてはいかん！

山本　もう、しゃべるな！

多喜二　わたしは……伏せ字なしでものを言うにいい世の中になればと、そう思っているだけです。

多喜二、「伏せ字ソング」へジャンプ。

（○の読みは「マル」。□の読みは「カク」。◎の読みは「ニジュウマル」）

**多喜二**

だれだ、パンを盗むのは
……そう書くだけで×××
×と○と□と◎で
猿ぐつわをはめられてしまうのだ

**古橋・山本**

（コーラス隊のように）
だまれ、だまれ
伏せ字はいうな

**多喜二**

××の大財×《だいざいバツ》
○○○《マルマルまる》ノ内の大会社
□□の内□《ないカク》
◎◎の二重橋《にじゅうばし》

かれらだ、×と○と□と
◎をつけるのは！

古橋・山本
いかん、いかん
伏せ字はいかん

多喜二
けれども、わたしたちは
べつのコトバを持っている
ひもじさがそのコトバだ
まずしさが合いコトバだ
××を××せよ
○○○を○○せよ……

ガラッと上手の引戸が開く音で、唄は断ち切られる。そして、ロープが床を叩く音。さすがに多喜二も固まる。古橋と山本は頭を抱えている。

# 三　食パン

「二」のおしまいからのピアノの演奏が終わると、「二」の一ヵ月あと、六月下旬の、ある土曜日の夕暮れ近く。府下《ふか》杉並町成宗《なりむね》五十四番地、プロレタリア作家同盟員、立野信之《たてののぶゆき》の借家。

せまい庭に面した、濡縁《ぬれえん》つきの簡素な洋間。上手の奥に置かれた蓄音機から、ベートーベンの「バイオリン協奏曲」が聞こえている。下手奥に、玄関や茶の間や台所へつながるドア。

室内は、テーブルが一つに、布張りのスツールが数脚。テーブルの上に、蠅帳《はいちょう》をかぶせた、山型の食パン半斤。

庭先にバケツを置いて、濡縁を拭《ふ》いているのは伊藤ふじ子（洋装、断髪、エプロン、庭下駄）。蓄音機に耳を傾けながら手を動かしていたが、雑巾を濯ごうとして、

**ふじ子**　……わあ、どろどろ、もうどろ水になっちゃってる。立野先生は、このへんを一度もお拭きになったことがないんだわ。

バケツを取って勢いよく上手へ入る（その奥の裏口に井戸がある）。すぐ、玄関の呼び鈴が一度、二度と鳴って――下手から庭伝いに、佐藤チマ（和服、束髪《そくはつ》、信玄袋）と、田口瀧子（おとなしい洋装、束髪、小さなバッグ）が、あたりをうかがいながら入ってくる。

**チマ**　……ごめんください。立野信之先生はおいででございましょうか。（手にした封筒の裏をたしかめて）府下豊多摩郡《とよたまぐん》、杉並町成宗五十四番地、立野信之様方……。瀧ちゃん、表札もこうだったよねえ。

**瀧子**　（全身を耳にして聞いている）……ベートーベンだ、「バイオリン協奏曲」だ。

チマ姉さん、これ、多喜二兄さんの大好きな作品番号六十一なんだからァ。

**チマ**　瀧ちゃん、東京弁よ、東京弁。

**瀧子**　この曲、多喜二兄さんと、小樽の喫茶店でしょっちゅう聞いてました。多喜二兄さん、まちがいなくここにいらしてよ。

**チマ**　へえ、これが多喜二の好きなベートーベンだったんかい。ふーん。

**瀧子**　（うなづいて、聞いている）……。

**ふじ子**　……どなたか、呼び鈴をお鳴らしになりました？

バケツを下げたふじ子、ぐるっと一回りしたらしく、下手から庭先に顔を出すが、二人を見て、

**ふじ子**　立野先生はおでかけになってます。千葉のご実家に急ぎの御用ができて、今夜はお帰りになりません。（蓄音機のゼンマイが怪しくなってきたので、上がって針を止めて）あ、わたし、留守番をいつかっている伊藤ふじ子です。

**チマ**　佐藤チマでした。

**ふじ子**　……チマ、さま？

チマ　（うなづいて）小林多喜二の姉でした。小樽からさっき上野駅に着いたところ……、

ふじ子　（感動して）初期の傑作『姉との記憶』！　読んでいて涙がとまりませんでした。「姉は自分の家が汚いので決して女学校友達を連れてこなかった」の、あのお姉さまですね。

チマ　……はい？

ふじ子　身分ちがいの恋に悩んで不幸になったお姉さんの、「あの無気味な十勝川《とかちがわ》に身を投げた。死体はとう〳〵上がらなかった」という結末が切なく哀れで、いつも泣いてしまいますわ。……でも、ごぶじでよかった。（自分でも気づいて、小声で）え？

チマ　よく読んでくださっているのねえ。

ふじ子　小林先生がお書きになるものは、この暗い夜を照らす灯火《ともしび》ですもの、わたしたちの聖書ですわ。読み返すたびに、こんな闇夜でも元気に生きようという勇気がわいてきますもの。

チマ　……それはどうも。

ふじ子　（うっとりと）小林多喜二……！　ああ、なにもかも好きですわ。

チマ　あの……（封筒を示して）弟からの速達にこうあったんです、「関西講演旅行でひどく腰を痛めた。いまは戦旗の編集長をしていた立野信之くんのところで養生している」と。それで上野駅で落ち合った妹《い》と、急いで駆けつけてきました。多喜二はどうしていましたか。

ふじ子　ご心配でしょうが、もう大丈夫ですわ。安田先生が診《み》てくださってます。

チマ　……安田先生？

ふじ子　拷問の傷などは、とりわけていねいに治してくださる名医先生です。

チマ・瀧子　（口々に「拷問？」）……！

ふじ子　（声を落として）大阪の講演先から警察に連れ込まれた小林先生は、ロープでぶたれ、柔道の手で投げられ、髪の毛を数十本も引き抜かれたとか。ロープでぶたれた背中から腰にかけては、まだまだ、（手つきで示して）こんなふうに膿《うみ》を持っていて……。今日も安田先生のところへお出かけです。夜にならないうちに帰るとおっしゃってました。さ、お上がりになって。

チマ　それでは、玄関へ回りますからァ。

瀧子　（ずっとふじ子を睨みつけていたが）多喜二兄さんの体を見たのですか。

ふじ子　かゆいかゆいとおっしゃる。それで、傷のまわりを掻《か》いてさしあげました。

瀧子　今夜、ここへ泊まられるのですか。
ふじ子　（うなづいて）それは留守番役の大事なつとめです。お帰りになったら、まずお湯でお体をきれいに拭いてさしあげます。それから、スキヤキにいたします。明日の朝は、立野先生からことづかった、そこにある食パンを、うんと厚切りして、こんがり焼いてさしあげます。バターをたっぷり塗ってあげなくちゃ。
瀧子　（泣きそうになっている）……。
ふじ子　新宿の中村屋でコーヒー豆を挽《ひ》いてもらってきました。先生は、コーヒーがお好きなんです。
瀧子　（ベソをかいている）……。
ふじ子　なによりも先生は音楽がお好きなの。どうしてもベートーベンの作品番号六十一を、とおっしゃるので、神田から新宿にかけて、目星《めぼ》しいレコード屋さんを探し回ってきましたのよ。
瀧子　（ベソをかきながらも、強く）わたし、田口瀧子でした。
ふじ子　……はい？
瀧子　わたし、多喜二兄さんの（口ごもる）……、
チマ　（はらはらしていたが）婚約者《いいなづけ》と奥さんのちょうど真ん中へんなんですよ、

滝子さんは。わたしは、実の妹以上に思っていますけどね。

**瀧子**　（チマに感謝しながら）その田口瀧子でした。

**ふじ子**　（半信半疑で）一家九人《くにん》の暮らしの重荷を一人で背負って、十五歳で酌婦に（手で口にフタ）……の、あの瀧子さん？

**チマ**　（うなづいて）この子、苦労を買いに生まれてきたんですよ。その分、これからしあわせにならなくちゃねえ。

**ふじ子**　先生が身請け（口にフタ）……た、あの瀧子さん？

**チマ**　母が喜びましてねえ。瀧ちゃんがうちへ移ってきた日は、お赤飯をたいて祝ってましたよ。

**ふじ子**　……ときどき家出をしては、先生を悩ませた、あの瀧子さんですのね。

**瀧子**　わたしの家出には、いちいち、わけがあるんですからァ。

**ふじ子**　……そうでしたか、あなたが、先生と前後して上京なさったというあの田口瀧子さんでしたか。

**瀧子**　いま、代々木の美容学校の寮に住み込んで、パーマを習っているんですから。

**ふじ子**　（ジッと見て）先生が小説でお書きになった瀧子さんより、ずっとおきれいね。

**瀧子**　……！

**チマ**　……あなた、いろいろとよくご存じだねえ。

**ふじ子**　小林多喜二の読者なら、たいてい知っていることですわ。あ、冷やした麦茶はいかが。ここからお上がりになって。お履物は玄関に回しておきますから。

**チマ**　そいだば失礼して。

チマ、濡縁から上がる。瀧子もつづく。ふじ子、片手に二人の履物（下駄と靴）を持ち、別の手にバケツをさげて下手へ入る。

**チマ**　（見まわしながらスツールに腰をおろして）なかなかいいお家《うち》ではないかい。ここの立野先生って、多喜二のお仲間のようだけど、あんたたちも、こういうお家にいっしょに住むにいいようになればいいね。

**瀧子**　（うなづいてから）……したけど、姉さん。ここ六年、ずーっとその婚約者と奥さんの間なんだもの、そこから一歩も前へ進まないんだもの、わたし、つらいんだァ。

**チマ**　（少し改まって）あんただち二人が知り合う前に、わたし、佐藤家に嫁《かたづ》いてしまったから、よくわからないんだけど、それに聞くべきことでもないから、これまで聞きもしなかったんだけど……（思い切って）あんただち、どうなっているの？

**瀧子**　……はあ？

**チマ**　フツー、六年もあれば、所帯を持ちの、子供の一人二人も生《な》すの、気の早い夫婦などはもう別れるの、なかには再婚するのと、そういう人もいるのよ。手を握るぐらいはしたんでしょ？

**瀧子**　しました。

**チマ**　接吻《くちづけ》は？

**瀧子**　……しました。

**チマ**　抱き合ったことは？

**瀧子**　ありました。

**チマ**　生まれてきたときの姿そのままで？

**瀧子**　……それはなかったァ。

**チマ**　もう少しのところなんだろうけどねえ。

お盆（麦茶入りのコップ三個）を持ったふじ子の足、ドアの外で止まる。

**チマ**　あの子は奥手だから……瀧ちゃんのほうになにか工夫があってもいいんじゃないかい。たとえば、香水をたっぷりつけてしなだれかかるとか、片肌ぬいで肩ごしにチッと流し目をくれてやるとか、寝巻浴衣《ねまきゆかた》の片膝をぐいと立てるとか……、

**瀧子**　勤めているときは、つとめてそうしてましたけど。

**チマ**　……あ、ごめんね。

**瀧子**　多喜二兄さんの前では金縛りになる、指一本、動かせなくなる。……したけど、死ぬ気で抱きついていったこどもある。

**チマ**　……それで？

**瀧子**　そのたびに、多喜二兄さんは、「啄木《たくぼく》の歌、覚えとくといいよ」とか、「これからの女性は、英語ぐらいできないとね」とかいって、二人のあいだに、むずかしい本を置いてしまうんだから。

**チマ**　（ため息）情けない男だねえ。

**瀧子**　だから、そのたびに、わたし、家出してたんだァ。

**チマ**　こんど、兄さん抜きで呼んでみれば？　兄さん兄さんと呼びつけているから、

いつのまにか、兄と妹みたいなカタイ間柄になってしまったんだよ。

**瀧子**　（小声で、そっと）……多喜二さん。

**チマ**　（うなづいて）それならどったな奥手でも、あんたに手を出してくるね、請け合うよ。

**瀧子**　（もう一度）多喜二さん。

**チマ**　そう、その呼吸《いき》だよ。……ちょっと、この食パン、少し形が崩れてやしないかい。

**瀧子**　うん。小林三ツ星堂なら、「いびつパンにつき半値です」って、札《ふだ》つけられるところだね。

**ふじ子**　（思わず）さわらないで！

二人、びっくりして、パンにのばした手を引く。ふじ子、入ってきて、麦茶を配りながら、

**ふじ子**　ごめんなさい。小林先生以外のひとにはさわらせないように。これが立野先生のお言いつけでしたので。

二人、気まずく麦茶を飲んでいる。

**ふじ子**　あの、大事なお話に割り込むつもりはないんですけど……、先生は、なにもしないことで、瀧子さんを守っておいでなんじゃないでしょうか。

**瀧子**　……することしないでわたしを守る？　そったなハンカクセェごどありますか。

**ふじ子**　わたしたちには……（声をひそめて）革命家三原則というのがあるの。ひとに惚《ほ》れるな。子どもの親になるな。母親を思い出すな。

**瀧子**　恋と子どもと……？

**ふじ子**　お母さん。おまけもついてるのよ。月でこころを鍛えよう。

**チマ・瀧子**　（口々に）月で……？

**ふじ子**　月ってふしぎ。

部屋の中から暮色を感じて、電灯のスイッチ紐《ひも》を引く。

ふじ子　ふるさとの山波、裏木戸の小川のせせらぎ、火吹竹《ひふきだけ》を吹くお母さんの丸い背中……月には、なつかしいむかしを思い出させる魔力がある。

チマ　（うなづいて）かぐや姫も、月を眺めて、ふるさとを恋しがっていたものねえ。

ふじ子　なにもかも、もうどうでもよくなってしまうから、月はキケンよ。だからこそ、わたしたちは、進んで月を眺めてこころを鍛えようとする。月に、なつかしいむかしではなく、パンにあふれた未来を見るよう、きびしく鍛錬するんです。

チマ　（よくわからないが）たいした人だちだねえ。

瀧子　あのー、いまのなんとか三原則だけど、多喜二……兄さんは（どうしても兄さんがついてしまう）恋と子どもと、二つも弱みを持ちたくないんだね。

ふじ子　それは、先生にしかわかりませんわ。とにかく、わたしたちにとってなによりつらいのは、自分の家族が、世間から爪《つま》はじきにされることなの。大切な家族が、扇動家《せんどうか》の妻！　不平分子の子！　人非人《ひとでなし》の母！　そんなことをいわれているのじゃないか。そう思っただけで、鉛のように体が重くなる……。

チマ　……逆徒《ぎゃくと》の姉《あね》ちゃ。

ふじ子・瀧子　……？

チマ　ついこないだ、小樽署で、「戦旗を売り歩いているそうだな、この逆徒の姉ちゃめ」と、たいした怒鳴られたもんだ。うちの人がうごいてくれて、その日のうちに帰してもらったけどね。

ふじ子　顔がきくんですね、ご主人て。

チマ　勤め先の信用組合をつくったのが、うちの人の父親だちだから、ほんのちょっとはね。

ふじ子　（うなづいてから）……非国民の母！　わたしのせいで、母は、山梨署の留置場に三日も、ぶちこまれていたそうです。人づてに聞きました。

チマ　山梨なのに、訛《なま》ってないねえ。

ふじ子　絵の勉強がしたくて銀座の絵学校へやってきて、お芝居の背景幕《はいけいまく》を描かせてもらって、暮らしを立てていました。あるとき、作者先生が、「女優がひとり足りなくなった。きみ、舞台に出たまえ」とおっしゃった。その先生が、こちらの立野先生でしたの。

チマ　女優さんか。どうりで訛りがないはずだ。

ふじ子　（小さくなって）舞台の上で声を出したことがないんです。

チマ　飛んだり跳ねたり踊ったりする組なんだ。

ふじ子　それが……立野先生の劇団はいつも、幕開き寸前に、警視庁から「台詞禁止！」をくっていまして……、

チマ　（びっくりして）台詞禁止だば……身振りと手振りと仕草だけかい。

ふじ子　（うなづいて）たとえば……（次の「靴底」の台詞を黙劇でやってみせる）……ですから、舞台で声を出したことがない。

チマ　アカのお芝居だったんだ。

ふじ子　全編真っ赤でした。いまのはこんな台詞だったんです。「わたしは無産者の靴底だ、虐《しいた》げられた靴底だ、法律やら道徳やらなんやらかんやら、やつらが勝手に拵《こさ》えた糸で縫い合わされた靴底だ、いつもギュウギュウと地面に圧《お》しつけられている靴底だ」……こんな台詞ばっかり。

チマ　いまも、（ふじ子の黙劇をちょっとやって）これなの？

ふじ子　劇団はつぶれました。いまは、神田の派遣会社の指図で、デパートの売り子や画家の先生のモデルや、それから今日のようなお留守番をして、パンを稼いでいます。

外へ目をやっていた瀧子、空の低いところを指さして、

瀧子　あ、雲のあいだから月が出たァ。

ピアノが鳴って、瀧子は、「豊多摩の低い月」へ移行。チマとふじ子、すぐ加わる。

瀧子
のそのそと　のぼるのは
豊多摩の　低い月
夕暮れの　雲間《くもま》から
豊多摩の　低い月

瀧子・チマ・ふじ子
にんげんの　いとなみを
見ているの　見てないの
ぼんやりと　あらわれた

豊多摩の　低い月

**瀧子**

小樽運河の　低い月
二人の上で　照っていた
じゃれあっていた　笑ってた
しあわせになる　生き方を
語り明かして　歩いてた
それを見ていた　低い月

**チマ**

場末のわが家《や》を　斜めから
祝ってくれた　低い月
多喜二もいたし　父もいた
母がさしだす　タクアンも
たちまちかがやく　金色《きんいろ》に

天のお使いの　低い月

**ふじ子**
ウサギの住まう　低い月
ウサギのパン屋が　焼いている
黄金色《こがねいろ》した　あまいパン
工員さんにも　お百姓にも
一人のこらず　わたるよう
おおいそがしの　低い月

次の「繰り返し」のあいだに、下手（玄関）から庭伝いに古橋刑事、上手（裏口）から山本刑事。二人、唄のリズムに誘われて、途中から、つい加わってしまう。なお、山本刑事は風呂敷包（中は虎屋の羊羹《ようかん》）を持っている。

**三人**
のそのそと　のぼるのは

豊多摩の　低い月
夕暮れの　雲間から
豊多摩の　低い月
にんげんの　いとしさを
見ているの　見てないの
ぼんやりと　光ってる
豊多摩の　低い月

（繰り返し）
にんげんの　いとしさを

五人
見ているの　見てないの
ぼんやりと　光ってる
豊多摩の　低い月

チマと瀧子は、びっくり。ふじ子は、「ハテナ？」という顔。

山本　あれ、また隠れてしまいましたよ。
古橋　あやしい雲行《くもゆ》きだ、あしたは雨だな。
古橋・山本　（三人に）こんばんは。
ふじ子　どちらさまでしょうか。
山本　多喜二先生の知り合いの者で、こんど大阪から東京に転勤になりましてね。
古橋　二人そろって栄転、というわけですわ。
山本　そこでイの一番にご挨拶をと思って……（差し出して）虎屋の羊羹です。
古橋・山本　よろしく。
チマ　（つい進み出て）それは、それは。
瀧子　（動き出して）台所《だいどこ》はあっちだね。わたし、お湯、わかしてくるからァ。
ふじ子　（二人を制して）チマさんも瀧子さんも、ちょっと待って！

古橋と山本、女性たちを確認しながら、小声のすばやい会話。

山本　チマ。
古橋　（うなづいて）多喜二の姉。
山本　瀧子。
古橋　多喜二の（小指を立てて）コレ。
山本　（ふじ子へ目をやって）アレ。
古橋　あやしいやつ。

ふじ子、濡縁にきちんと坐って、

ふじ子　（キッパリと）多喜二先生なんて方は、ここにはいらっしゃいませんが。
チマ・瀧子　（「エッ？」となる）……？
山本　いらっしゃいますって。
古橋　待たせてもらおうや。
ふじ子　（ピンときて）特高さんですか。
チマ・瀧子　（抱き合う）……！
古橋　（身分証を示して）大阪島之内署から東京警視庁へ引き抜かれてきた古橋と

いうものだ。

山本　同じく山本。二人で多喜二先生を担当するよう仰せつかってね。それでちょっとご挨拶に。

古橋　もう一つ、小林先生にお願いごとがあって上がったのだが……あんたは？

ふじ子　ただの留守番です。（態度一変、羊羹を拝み取って）ありがとうございます。ここからではなんですから、玄関口へおまわりくださいませ。

山本　玄関口は苦手、ここから上がらせてもらいますよ。

古橋　（下手へ歩み出しながら）内部《なか》をひと通り拝見、後日のためにね。

部屋の中を嗅《か》ぎ回っていた山本、蓄音機に興味を持つ。そのあいだ、縁先で、以下の、小声のすばやい会話。

ふじ子　わたしがお相手を。そのあいだに、表札の下にバケツを置いて。

チマ　逆《さか》さ箒《ぼうき》を立てた方が、早く帰るんでないかい。

ふじ子　バケツを見て、小林先生は、「いまは入ってはいけない」と気づいて、回れ右をなさいます。

チマ　（感心して）キケン信号なんだね。
ふじ子　パンは、台所の食器棚の奥へ。
瀧子　こんどはなんの信号だァ？
ふじ子　立野先生から小林先生にあてた大事な連絡が入っている。そう見ました。
チマ・瀧子　（うなづく）……！

チマは山本の靴を持ち、瀧子はパンを載《の》せたお盆を持って、下手のドアへ。そこへ入ってきた古橋、チマは通すが、瀧子は見逃さず、パンを鷲掴《わしづか》みにする。

瀧子　それ、ただの食パンなんだからァ！
古橋　（パンの底を見て）切れ目がある。
瀧子　（ごまかす）ジャム《ミ》を入れたんだから。
古橋　（紙切れをほじくり出し）ジャム《ミ》というよりは、これはカミだね。

固まってしまった瀧子とチマ。二人をかばう形になるふじ子。山本、古橋に寄って紙切れを覗き込む。

**古橋**　（紙切れのレポを読む）「わが友、小林くんへ。新宿の紀伊國屋書店二階の画廊で、このレポを書いている」……。

**山本**　「今日も、きみの新しい隠れ家《アジト》を探し歩くつもりだ。そこはもうキケンだからね」。

**古橋**　「この食パンを携《たずさ》えて留守番に行く伊藤ふじ子嬢は、プロレタリア演劇同盟の活動家だ。信頼できる女性《ひと》だ。それはぼくが保証する」。

**山本**　「新しい隠れ家《アジト》が見つかり次第、こんどは、中村屋のジャムパンにレポを入れて、連絡する。早く傷が治るといいね。立野より」。

古橋、山本から受け取った紙切れを大事そうに手帳にしまいながら、ふじ子に、

**古橋**　なかなかのやり手らしいね、きみは。この顔、よーく覚えとくよ。

古橋、ふじ子の顔を穴があくほど、じっと見る。ゾッとしているチマと瀧子。山本、内ポケットから、縦に二つ折りした薄い雑誌「月刊警察之友」を抜き出し、高く掲げる。

**山本**　ところで……今日は、逮捕っとか、検束っとか、御用っとか、その手の堅苦しい話をしにきたわけではありません。

**古橋**　そんなときは手ぶらだ、虎屋の羊羹なぞ持ってこない。

**山本**　これをごらんいただきたい。これは、警察官のすべての家庭に無料で配られている月刊警察之友の最新号です。発行部数十万部。

**古橋**　「文藝春秋」をしのぐ大部数だ。きみたちの好むあの戦旗の五倍も刷っている。ところがこれが……ちっとも読まれていないんだね。なぜか。答えは簡単、まるでつまらん。

**山本**　(頁をめくって見せながら) 内務省警保局長閣下のお写真入りの御訓戒。東京府知事閣下のお写真入りの御訓告、警視総監閣下のお写真入りの御訓示……。お写真には修整のあとがはっきり見えて、なんとなくうさんくさい。しかもみんな事務方《かた》に書かせたお座なりの文章ばかり。こんなもの、読もうとおもいますか。

刑事たちの本意を図りかねていた三人の女性、この問いには、首を横に振って「いいや」と答える。

**山本**　ここ数日間、古橋刑事のあとについて、よく調べてみたところ、警察官の奥さんの半分が「お便所の落とし紙にしてます。助かってます」で、残りが「紙屑《かみくず》屋《や》さんに払いさげてます。助かってます」と、こうだった。

**古橋**　浅草の紙屑屋の仕切り場に行っておどろいたね。なにしろ紙屑の山の半分近くが月刊警察之友なんだよ。われらがおエライさんたちは、その場でチリ紙に漉《す》き直されて、次の号が出るころには、東京府民の尻拭いをさせられているってわけだ。

**山本**　（拳《こぶし》を突き上げて）このままにしておいていいのか！

**古橋**　税金のムダづかいだ！

**山本**　警察の面《つら》よごしだ！

**ふじ子**　（探って）……あの、なにをおっしゃりたいのでしょうか。

**古橋**　じつは、この山本くんが浅草のめし屋で、すごいことを思いついたんだよ。

山本　小林多喜二先生に連載小説を書いていただこうってね。

三人の女性、ポカンとしている。

山本　表紙に大きくこう、「人気絶頂の国際的作家、小林多喜二先生、連載開始」
と刷り込む。
古橋　評判になる。五十万部はかたいよ。
山本　世間の目が集まってくる。退官をまぢかに控えた古手の警察官が股火鉢《またひばち》でた
むろしている、やる気のない編集部がグッと引きしまる。
古橋　ウン。月刊警察之友が生き返る。
山本　今日は、その連載のお願いにあがりました。
古橋　上部《うえ》を説き伏せるのに、二人がかりで丸一日かかった。おしまいには、虎屋
の羊羹を持って行くようにと、いってくれたけどね。
山本　原稿料は一枚五円、一回五十枚として二百五十円！　三井三菱の高級社員だ
って、こんなベラボーなカネとってやしませんよ。
古橋　上部《うえ》が太っ腹なところを見せてくれたわけね。

山本　（胸ポケットから紙切れを出して）読者のほとんどが警察官の奥方どのです。そうなると、捕物帖で決まりです。ここに思いつきを書いときましたがね……（読む）「主人公は、お上《かみ》の十手《じって》を預かる腕利きの目明《めあ》かし。女房どのは美人でかしこく、ときには夫を励まし、ときには事件を解く鍵を見つけたりする」。いかにも奥方どのがよろこびそうな設定でしょう。手下に気の早い粗忽者《そこつもの》を置いて、あとは先生にお任《まか》せ。毎回の事件については、警視庁が責任をもって提供しますよ。

女性たちの、すばやい会話。

瀧子　（チマに）いいお話なの？
チマ　うん、いいんでないかい。（ふじ子に）バケツ、引っ込めてこようか。
ふじ子　いいお話すぎます。
瀧子・チマ　……。

山本、力説する。

山本　多喜二先生のためだってことが、わからんのかなあ。一つ、人目を気にしながら逃げ隠れしなくてもよくなる。二つ、フッーの、おだやかな生活が手に入る。三つ、みごとに書いた小説が、伏せ字で醜くなることはもうない。ちゃんと数え唄になるぐらい、先生のためになるんだ。

古橋　そして四つ、世にもおそろしい、あの不敬罪に、もう問われることはない。

ふじ子　（衝撃）……不敬罪！

古橋　先生は、『蟹工船』のなかで、漁夫たちにこういわせた。蟹罐詰の献上品に「石ころでも入れておけ！　かまうもんか！」とね。これは、刑法第七十四条の「天皇ニ対シ不敬ノ行為アリタル者ハ三月以上五年以下ノ懲役ニ処ス」に中《あた》る。少なくとも検事さんたちはそう見ているんだよ。

チマ・瀧子　（口々に「懲役！」）……！

ふじ子　話を受けなければ、そこの豊多摩刑務所に打《ぶ》ち込む、とそうおっしゃる……？

古橋　さすがは左翼のお姉ちゃんだ、わかりが早いね。不敬罪の未決囚で打ち込み、逃げられないようにする。そして、独房でたっぷり反省、それから予審法廷へ通ってもらうことになる。
山本　陰気な話はもうよしましょうや。先生は「書く」と、いいますよ。
古橋　（うなづいて）その方が身のためだもんな。
ふじ子　やはり……先生を「転向させよう」として、お見えだったんだ。
古橋　（睨みつけて）わしらはそれを「更生させる」といっているんだがね。

チマ、ふじ子を引っ張って、

チマ　転向ってなんだい？
ふじ子　貧乏を作り出しておきながら丸ノ内あたりでいばりくさっている大金持や、その大金持の番兵をしている警察、そういった力に降参すること。つまり権力の犬になること。
チマ　……犬？
ふじ子　（うなづいて）貧しさは社会のカビ、そのカビから目をそむけて、のっぺり顔で、ぬっぺりと生きること。
瀧子　のっぺりの、ぬっぺり？

ふじ子　（うなづく）……。

山本、女性たちに寄ってくる。

山本　そこらへんのアカの物書きなら、問答無用で打ち込むところなんだぜ。しかし、小林多喜二は外国語に訳されて、世界中で読まれている。だからこれでも大事に扱っているつもりなんだよ。

古橋　それに、アカの真ん中にいる小林多喜二を更生させると、のこりのアカは単なる烏合の衆になる。これがあたしの理論でね。どうしても多喜二先生に更生してもらわねばってわけ。

瀧子、ガチガチになりながらも、前へ進み出る。

瀧子　……のっぺりぬっぺりの多喜二さんて、考えられないんだからァ！

チマ　瀧ちゃん、いま、兄さん抜きで、いってたよ。

瀧子　（ニッコリと応えてから）多喜二さんは犬ではないんだからァ！

チマ　（ふじ子に）この羊羹、お返しした方がいいんでないかい。
ふじ子　（うなづいて）小林先生も、きっとそうなさるとおもいます。

三人、羊羹を持ち合って、古橋、山本に突き出す。

山本　（凄《すご》んで）おいおいおい……、
古橋　（引き止めて）羊羹、二人で分けるか。
山本　いいんですか、このままで。
古橋　アカにつける薬はないって。
山本　……（小声で）あとは手術？

古橋、ニヤリと笑って、羊羹を奪い取って、

古橋　先生に言《こと》づけをたのむ。こうだ。「気をつけろ。あしたは雨だ。レインコートなら貸すぜ、風邪引くなよ」ってな。

古橋、さっと下手のドアへ入る。つづいて山本。チマと瀧子、二人の去るのを見ながら、言づけをぶつぶつ唱えている。ふじ子も宙を睨んでぶつぶつ。

ふじ子　手ぬぐい四本、サルマタ四枚、フンドシ四本……、

チマ・瀧子　……？

ふじ子　差し入れるものを、いまからたしかめているところなの。あの様子ではやつら、先生を豊多摩送りにするつもりよ。

チマ・瀧子　……！

ふじ子　まるい小さな置き鏡。

瀧子　……置き鏡？

ふじ子　何日も独房に閉じこめられていると、自分の顔と声がわからなくなるんですって。……鏡を見て、声を出す。そうして自分をたしかめるわけね。

チマ　お金も心がけておいた方がいいねえ。

ふじ子　（うなづいて）未決囚は、売店から飴玉《あめだま》や罐詰が買えます。

瀧子　蓄音機は差し入れするにいい？

**ふじ子**　ちょっと大きすぎるかもね。

庭先に古橋と山本。

**山本**　バケツを信号にしていたな。

**古橋**　先生が入ってこないはずだよ。

山本、バケツを投げ捨て、古橋、それを蹴飛《けと》ばして去る。

明かりが落ち、ピアノが入ってくる。

## 四　独房からのラヴソング

「三」の半年あと。十二月のある一日の朝、昼、夕方、そして夜。

豊多摩刑務所（東京府下野方《のがた》町）の南房《なんぼう》二階の独房。縁《へり》のない畳一枚、ほかは板の間。まるい小さな置き鏡の載った小机。

高いところに、鉄格子《てつごうし》を嵌《は》め込んだ小さな横長の窓。その窓から、唄に合わせて、朝の、昼の、夕方の陽光が、そして星あかりが、差し込んでくる。

多喜二は未決囚なので、自前の古ズボン、襟のないワイシャツ、継ぎのあたった古靴下、そして古上着。

ピアノの前奏の中で、多喜二、布団（一枚）と毛布（一枚）を畳み、端に積み上げ、それから置き鏡に向かって、指櫛《ゆびぐし》で髪を整える。やがて、多喜二は、高窓からの光にかざした置き鏡へ歌いかける。

多喜二

（ヴァース）
おはよう　多喜二くん
ぼくは恋をしてるんだ
きみのうしろに
見えているひとに

（コーラス）
夜明けの寮の　ふとんの上で
咳き込んでいる　やせっぽちの子
紡績工場《ぼうせきこうば》で　三年あまり
布地《ぬのじ》をゴマンと　織りあげてきた

働きすぎとは　知らずにいたのさ
きのう工場で　血を吐くまでは
いとしいな　あの少女は……
　ああ　ぼくは片方だけの靴
　なんの役にも立ちそうにない

昼の長屋の　浅い井戸から
水くみあげる　わかい母さん
腕に抱えた　三つのわが子
きのうもきょうも　お水がごはん
父さんはいま　留置場にいる
工場の仲間と　ストを打ったから
いとしいな　あの母さんは……
　ああ　ぼくは片方だけの箸
　なんの役にも立ちそうにない

夕暮れどきの　たんぼの中で
念仏となえて　草つむおばあさん
稔《みの》らぬ秋の　小作人には
こめ一粒も　のこってはいない
長生きをして　もうしわけない
田の草よく煮て　よく噛《か》むしかない
いとしいな　あのおばあさんは……
　ああ　ぼくは片方だけのズボン
　なんの役にも立ちそうにない

破れ障子を　夜風が鳴らす
七輪出して　おかゆたく姉さん
夜も給仕の　弟が帰る
円周率を　暗記しながら
温《あたた》まったかゆは　ひとり分だけ
姉さんはまた　たべないつもりだ

いとしいな　あの姉さんは……
ああ　ぼくは片方だけのメガネ
なんの役にも立ちそうにない

布団を展《の》べながら、

おやすみ　多喜二くん
ぼくは恋をしてるんだ
きみのうしろに
見えているひとに……

多喜二、布団に入りながらも、高窓からの光を見つめている。

# 五　蟇口《がまぐち》

「四」からのピアノの演奏を、蟬《せみ》しぐれがゆっくりと包み込むうちに明かりが入ると、七ヵ月あと、昭和六年（一九三一）七月下旬の昼下がり。

杉並町馬橋《まばし》三百七十五番地の小林多喜二の借家。狭い庭をのぞんで、上手から、三畳、六畳、八畳の小さな平屋。

玄関を上がってすぐの三畳で、山本（開襟シャツ、ズボン、靴下）が、蜜柑箱《みかんばこ》を机に、禿《ち》びた鉛筆でなにか書きものに熱中している。

奥の八畳の隅に、ノート、原稿用紙、インク壺、ペン立てなどをのせた小さな文机《ふづくえ》。その脇で多喜二（浴衣、素足）が、横になって眠っている。

多喜二が寝返りを打ったびに、反射的に体を投げ出して書きものを隠す山本。

上手からチマの声が近づいてくる。

蟬しぐれが止む。

**チマ**　……「阿佐ヶ谷駅南口を背にして、通りを左へ高円寺の方角へ戻ると、間もなく十字路がある。そこを左に折れて、銭湯のところを、また左に入ったあたりが馬橋三百七十五番地だ。（上手から庭伝いに入ってくる。右手に多喜二からの葉書）左へ左へと歩けばいいだけだよ、姉さん。多喜二より」。……多喜二はほんとに左に曲がるのが好きだねえ。オー、これは庭つきだよ。

夏の和服のチマ、背中にはやや大き目の風呂敷包（多喜二が銀行員時代に着た背広上下、下着、干鰊《ほしにしん》、昆布など）。左手に信玄袋。くびから紐で蟇口を下げている。六畳に包を下ろして、八畳の多喜二に、

チマ　南向きの庭だから、畑にするにいいね。こんなところへ住めると知ったら、母《かあ》ちゃ、よろこぶよ。母ちゃの生きがいは、多喜二と畑仕事と、この二つだからね。お家賃、ひと月いくらなの？

多喜二、半睡半覚《はんすいはんかく》。山本、小さくなってチマの様子を見ている。

チマ　四円？　それとも五円？
山本　……六円です。
チマ　（声のした方へ向きながら）豊多摩の、こんな田舎で六円も取るのかい。
……エッ（衝撃とともに思い出して）あんだ、まさか、いつかの……？
山本　そのいつかの山本刑事であります。
いいいいいい
チマ　そったなどごさ、ちんまり坐って、なにしてるんですか。
山本　下宿中であります。
チマ　（ほとんど絶句して）……下宿中？
山本　東京警視庁の一万人警官下宿作戦計画のもとに実施されている下宿でありま

す。

チマ　……一万人警官、下宿作戦？

多喜二、のびをしながら起きて、

多喜二　警視庁がね、姉さん、東京の市内全域と中央線沿線一帯を、タテヨコ百米《メートル》で細かく区切ったんだそうだよ。青函連絡船、揺れたでしょう、船酔いしなかった？

チマ　それより、東京をコマギレにしてどうしようというの。どうして特高さんが下宿してるんだよ。

多喜二　東京をタテヨコ百米で区切ると、その区域の数がちょうど一万になる。

（山本に）そうだったっけね。

山本　はい。われらが警視庁は、一《いち》区域に一人、警官を下宿させ、担当区域をシラミ潰《つぶ》しに調べさせることにしたのであります。

チマ　調べるって、なにを？

山本　もちろん、アカを。

**チマ**　もし、アカがいたら？

**山本**　徹底して監視します。さらに適当な時期に検束します。そうして、アカを殲《せん》滅《めつ》いたします。古橋刑事と自分は、本作戦の総本部である内務省警保局に願い出て、最重要地域、ここ馬橋一帯を担当するお許しを得ました。このあたりこそアカの巣窟《そうくつ》にちがいないと、そう睨んだからであります。

**チマ**　古橋刑事って、バケツを蹴っとばした人だな。

**山本**　……はあ。

**チマ**　そうか、あんたたちがこのへんの受け持ちか。ご苦労なことだねえ。

チマ、六畳に上がって、包を解き始める。山本、なおも三畳から説く。

**山本**　わが帝国陸軍は、いまやまさに満洲方面へ進出しようとしているところであります。ところが、この国策に対して、アカの結社の懲りない社員どもが、地下のあちこちからツベコベ文句をつけてくる。

**チマ**　（背広上下を出して）銀行員時代の間服《あい》の背広だよ。きれいに洗って、仕立て直しておいた。

多喜二　いやー、助かるなあ。
山本　このように、国法にそむき、国策に異を唱えるヤカラを一気に潰して、国論を一つにする。これが本作戦の目的であります。
チマ　まさか、下宿代を滞《とどこお》らせたりは、してないだろうね。
山本　賄《まかな》い抜きで、ひと月二円。（蟇口をズボンのポケットから出して掲げて）来月分も、きのう、ここから出してお渡しいたしました。（多喜二に）そうでしたよね。

多喜二、文机の上の蟇口を取って、答える。

多喜二　たしかに、ここに入ってますよ。
チマ　それならひと安心だ。
山本　この三畳間は、じつにせまい。そこで古橋刑事と、一日おきに交替で、下宿しております。なお、下宿代は官費《かんぴ》で支給されます。ご心配はご無用です。
多喜二　（チマに）家賃の三分の一を警視庁が持ってくれる。こんなうまい仕掛けって、なかなかあるものじゃない。

チマ　でも、気の休まるヒマがないね。
多喜二　まんざら知らない仲でもないし、気楽にやってるよ。
チマ　（思い出して）そうか、あいづ、あんだば追《ぼ》っていって、大阪から出てきたんだとかいってたっけね。
多喜二　山本さんは、一日中、蜜柑箱にしがみついて、なにか書きものをしているだけ。

山本、なんだか急に慌てて、蜜柑箱の上の紙切れを風呂敷に包み込む。

多喜二　もう一人の古橋さんは、庭の草を抜いたり、ドブ掃除をしたり、そのへんの木端《こっぱ》を集めたりしてくれている。二人とも、理想的な下宿人さ。
チマ　それならいいんだけどねえ。
多喜二　母ちゃもくるし、弟の三吾もくる。そのときまで、ここにいてくれるんだね。
チマ　その支度をしに小樽から出てきたんだけどね、こったな狭いどこさ五人も六人もいでは、混んでるときの銭湯の洗い場だよ。手足の突っ突き合いになってしまうよ。
**多喜二**　なんとかなる。
**チマ**　（苦笑して）いっつも、それだ。
**多喜二**　姉さんは八畳を使えばいい。

文机を六畳に移そうとする。山本、すばやく三畳から飛び出して手伝う。

**多喜二**　（山本に）どうも。（チマに）ぼくはここにする。銀行にいたころは、廊下を歩きながらでも書いていた。書けるときは、どこにいたって書けるんだよ。
**チマ**　ありがとうね。
**古橋**　山本くーん、交替の時間ですよ。

古橋、二食分の弁当包と郵便物（やや大きめな封筒一通、普通の封筒一通、ともに転送用付箋付き、雑誌入りの封筒三通）を抱えて、台所（上手の奥）から入ってくる。

古橋　さあ、あとはおれに任せた。

山本、郵便物に目を注ぎながら、指でチマを指す。

山本　……さっき、小樽から。
古橋　（ギョッとなるが）……これはこれは、そのせつはどうも。
チマ　（ジロッと睨んでから、多喜二に）お茶でも入れてあげようね。暑いときこそ熱いお茶をのむ、それが体のためだよ。
多喜二　それ、母ちゃの口癖だね。
チマ　（立って）そう、これからは初中《しょっちゅう》、聞かされることになるよ。
古橋　台所はあちらですよ。
チマ　あのときのバケツ、あれっきり使いものにならなくなったんだからね。
古橋　（チマの背中へ）そのお詫びといってはなんですが、木端を集めておきました。お勝手口のバケツに入れてあります。木端なら炭がすぐ熾《お》きますから。（多喜二に）郵便受けがいっぱいになってました。
多喜二　や、いつも、どうも。

古橋、雑誌入り封筒の封を切ってやり、中身を文机の上に置いて行く。

**古橋** 改造です。文藝春秋ですな。中央公論ですよ。こういう高級な雑誌の表紙って、どれもこれも渋すぎますなあ。これじゃ部数は出ませんや。カフェの美人女給かなんかをドカーンと載っけたらいいんですよ。

多喜二、集中して雑誌の目次を見ている。

**古橋** （普通の封筒を掲げて）改造社からの転送物《てんそうぶつ》だ！（裏の住所を見て）ホホウ！「熱狂的な多喜二ファンより」ですってさ。センセ、ファンレターよ、ファンレター……。

**多喜二** あとで、あとで読みます。

山本、いつの間にか寄ってきていて、ドキドキしながら、大きめの封筒を見つめている。

**古橋**　（妙にしつっこく誘って）熱狂的なファンときたか！　イヤー、このときばかりは、小説家の先生がうらやましくなるんだよなあ。センセの小説を読んでグッときたどこかの女工さんですかね。講演を聞いてポーッと赤く頬を染めたどこかのご令嬢かもしれませんな。センセのお考えに感心したどこかの大学教授がカンパのお札でも入れてきたんでしょうかね……。

台所から、チマ、瀧子、ふじ子のにぎやかな声が上がる。

**瀧子**　阿佐ヶ谷駅のホームで、ふじ子さんとばったり出会ったんだからァ。
**チマ**　まあ、まあ、まあまあ……！
**ふじ子**　お元気そうで、なによりですわ。
**チマ**　ふじ子さんも、活《い》き活きしてるねえ。
**ふじ子**　それはもう！　だって、世の中で一番最初に小林先生の小説が読めるんですもの。

女性たち、三畳あたりまで出てきて、

**ふじ子**　「都新聞」に連載なさる『新女性気質《かたぎ》』のお原稿を運ばせていただいているんです。わたし、そのための芸能部員になりました。

**チマ**　それはよかった！

**ふじ子**　……連載中に、特高さんあたりから、文句が出たら、「新入りの部員が勝手にコトを運んでしまいまして」と言い訳をして、わたしを切るという仕組み。まさかのときのための、首切り要員として、臨時に雇われたわけですね。

**チマ**　……はあ。なんだか、いつもお手数をかけているみたいだねえ。

瀧子とふじ子、多喜二に挨拶し、チマは台所へ入る。

**瀧子・ふじ子**　（口々に）こんにちは。

**多喜二**　（目次から目を上げて）やあ。

多喜二、文机の上の封筒入りの原稿（十八枚ぐらい）を、ふじ子に渡しな

がら、

多喜二　第十九回から二十四回までの六回分、徹夜で、すませておきましたからね。

ふじ子　（拝むようにして受け取って）しっかりと、読ませていただきます。

ふじ子、六畳の奥に正座。ハンドバッグから出した鉛筆を手に、注意深く黙読――。

多喜二　（瀧子に）美容学校の助手のお仕事、うまく行ってるみたいだね。

瀧子　……忙しいことは忙しいよ。

多喜二　えらいな、瀧ちゃんは。

瀧子　……そうかァ。

多喜二　これからの女性は腕に職をつけて、男性から自立しなければならない。そういう新しい時代の考え方を実行しているところがえらい。尊敬する。

瀧子　尊敬は、もういいよ。

多喜二　……？

瀧子　お話があるんだァ。あとでね。

瀧子、台所へ入る。右のあいだ、山本、大きめの封筒を、多喜二と古橋の前で、ひらひらさせている。

古橋　うるさいなもう。さっきから、なんだというんだよ。
山本　中央公論社からの転送物ですから、なにか大事なものなんじゃないかとおもって。（表書きを読む）「東京市麴町区丸ノ内ビル五階　中央公論編集部気付　小林多喜二様　生《なま》原稿在中」。……生原稿在中か、気になるなあ。
古橋　（奪うように取って）そんな顔をされると、こっちまで気になってくるじゃないか。（表を見てから、裏の差出人の名を読む）差出人は、斎藤虎造。住所は書いてない。
多喜二　ぼくも気になってきた。読んでみようよ。

多喜二、古橋から封筒を受け取って封を切る。中に、三十枚の生原稿と一枚の手紙。山本、動悸を鎮めようと苦心している。

多喜二　（手紙を読む）「先生がお書きになったものは、ぜんぶ読んでいます。わたしも小説を書きましたので、こんどは先生が読む番です。しかるべき雑誌に売り込んでください。発表されたら名乗り出ます。斎藤虎造は、わたしの恩人の名前です。そっくりいただいてペンネームにしました。よろしく。斎藤虎造」……。

古橋　押しつけがましいやつだなあ。

山本　そうでしょうか。

古橋　こんどは先生が読む番だの、原稿を売り込めだの、恩人の名前をいただいただのと、この虎造ってやつ、押しつけがましいにもほどがあるぜ。

山本　ガチガチだったんだ、たぶんね。ガチガチになりすぎて、そんなそっけのない文章になったんだ、きっとね。

古橋　いやに虎造くんの肩を持つじゃないか。

山本　いや、その、カン、刑事のカンです。

多喜二　（生原稿の表紙を見て）題名は、「三七捕物控《さんしちとりものひかえ》」。フーン、いま、はやりの捕物小説なんだな。

山本　（うなづいて）そうなんです！

多喜二・古橋　（一瞬）……？

山本　（ごまかして）そうなんですか？

古橋　（多喜二に）どうせロクなもんじゃありませんよ、そんなもの。

山本　（キッパリ）読んでみなきゃわかりませんっ。

古橋　（山本に）ファンレターの方がおもしろいに決まってる。

山本　決まってるって、どうしてそうはっきりわかるんですか。

古橋　……だから、カン、刑事のカンよ。

多喜二　（原稿に目を落としたまま）古橋刑事、その「熱狂的な」というファンレター、そこで、読み上げてくれませんか。目と耳、同時に使いますから。

古橋・山本　……？

多喜二　音楽を聞きながら本を読む、それと同じことなんですよ。

古橋、ファンレターの封を切りながら、山本に、

古橋　目で読み耳で聞くんだってさ。小説家って、ときどきすごいことをいうよな。まるで聖徳太子気取りだぜ。

山本、反応しない。生原稿を読み進めている多喜二を、ただひたすら見つめている。

**古橋**　では。（咳払いを一つ二つして、ファンレターを読み始める）「小林多喜二くん。きみは常にプロレタリア文学運動の中心にいて、われら文学愛好者はもとより、ばか高い小作料に苦しむ農民諸君を、安賃金にあえぐ労働者諸君を励ましつづけてきた。きみは社会の最下層で今日もまた生活苦にもがくプロレタリアートたちのためのきらめく星だ、無産階級の熱い太陽だ」……、

**チマ**　熱いお茶だァ。

**古橋**　（かすかによろける）エー……、

**チマ**　お茶請けは、北海道名物の塩吹き昆布、うまいよっ。

チマと瀧子、お茶（六人分）と、短冊に切った塩昆布の皿を持ってくる。配られるあいだに、原稿を読み終えたふじ子、多喜二に「お原稿、たしかにいただきました」という仕草。

古橋　エー……（すぐ立ち直って）「だがしかし、多喜二くん、最近のきみは堕落している。都新聞の社告によると、この八月下旬から、きみは、新橋芸者や映画女優のスキャンダルが売物の、このブルジョワ新聞に連載小説を書くというではないか。臭い麦飯と塩《しよ》っぱいだけの福神漬でようやっと生きている無産階級に、都新聞を買うカネがあるとでも思っているのか」。……名文だなあ。「中心にいるきみが文学的に堕落すれば、それだけでプロレタリア文学運動は、ただの烏合の衆の集まりとなり、ただの綴り方運動にまで落ちてしまうだろう！」。

多喜二、一瞬「ん？」となって、古橋を見るが。すぐ、「三七捕物控」に目を戻す。以下の古橋、なぜか〈手紙から目を離して読んだりする〉ときがある。

古橋　（一段と熱が入ってくる）「多喜二くん、いったいきみは、ブルジョワ新聞連載というような生ぬるい合法活動で、この歪みに歪んだ格差社会を変革できると思っているのか。いささかも迷うことなく、またふたたび、前衛党の先頭に立て。

地下に潜って苦闘を強いられている赤い同志諸君の期待を裏切るな。貧しき者たちの怒りを、きみのペン先に集めよ。ひとびとからパンを奪う者どもと戦うためならば決して非合法活動をおそれるな。すみやかに都新聞連載を辞退せよ。きみの熱狂的ファンより」。

一同、シーンとなっている。
ただ、「三七捕物控」を読んでいた多喜二だけがクスクス笑っている。

**古橋**　笑いごとじゃありませんや。そりゃ、いささか贔屓《ひいき》の引き倒しという感はありますよ。でもねえ、センセ、この熱狂的ファンは、思いのありったけを込めて、センセを諫《いさ》めてくれているんですよ。

**多喜二**　（ついに大笑い）アハハハハハ……。

一同、キョトンとしている。
この間、お茶を啜んだり塩昆布を飲んだり、わけのわからぬことをして多喜二の反応を観察しつづけていた山本、この大笑いにドキッとなり、

山本　それは滑稽《こっけい》小説じゃありません。(ごまかして)捕物帖ではなかったんですか。

多喜二、急に真顔になって、

多喜二　いったいどうしたら、こんなことが思いつけるんだろう。
山本　ずいぶん苦心したんです、んじゃないんでしょうか。

一同、一瞬、「?」となるが、その中から、

チマ　それで、おもしろいのかね、おもしろくないのかね?
多喜二　それは読む人次第だな。ぼくなりにまとめると……主人公は、江戸は神田の猿楽天神下の目明かしの親分で、名前は三七《さんしち》。その恋女房がお一《いち》。子分は万事につけてそそっかしい五六八《ごろはち》。そして真犯人、お妾横丁の踊りのお師匠が二三八《ふみや》。
古橋　みんな、ヒフミヨイムナーの、つまり、数じゃないですか。

**多喜二**　大家さんの名も五兵衛《ごへい》。

一同、笑うよりも感心している。

**多喜二**　ある年の、うっとうしい梅雨どきの、シトシト雨の日暮れがた、表通りの簪《かんざし》屋七兵衛《しちべい》の店先から、ギャーッ！　主人七兵衛、裏の細工場からかけつけてみると、女房は、簪で胸を突かれ、すでにこと切れていた。女房の名はお三《さん》、実家《さと》は六本木村。

多喜二はお話の名手、一同、シーンとなって聞いている。山本はうっとりと。

**多喜二**　玉飾りや花飾りの代わりに耳かきがついたこの簪、便利だ重宝だと大いに売れているのだが、店からは、いちばん値《ね》の張る銀の耳かき簪が一本、消えていた。そこで三七は、「凶器は銀の耳かき簪、下手人は、凶器をそのまま持って逃げた」と見当をつけ、ひとまず長屋へ引き上げる。だがその帰るさ、すぐ前を歩いていた踊りの師匠二三八の懐中から地面へ、ベチャと落ちたものがある。見ると、それは生乾きの血がベッタリの、銀の耳かき簪であった。こうして事件はめでたく落着。

一同、唖然。その中から、

**チマ**　ハンカクサイ！
**ふじ子**　偶然に頼りすぎよ、アンフェアです。
**チマ**　サギだよ。
**古橋**　師匠が落としてくれなきゃ、迷宮《おみやい》入りかよ。バカにしてやがる。
**山本**　落としてくれないと、終わりにならなかったんじゃないでしょうか。
**多喜二**　爽快な気分を味わったな、ぼくは。いきなりウッチャリを喰って、一瞬、ポカンとしたけど、そのうちに、あまりのバカバカしさに、もう大笑いするしかない。
**古橋**　センセは甘い！　この作者、読者を舐《な》めてますぜ。
**山本**　……舐めてませんよ。

古橋　作者の味方か、きみは！　だいたいにおいて、殺人の動機が書かれていない。
山本　……！
古橋　それこそ読者を舐めている証拠じゃないか。動機のない殺人なんてあるもんか！
山本　だから、踊りの師匠二三八は、簪屋の女房になりたかったんだよ。それで女房のお三を刺した。動機は痴情のもつれです。
古橋　作者でもないのに、なぜわかる？
山本　（アッとなって口をふさぐ）……！

瀧子をのぞく四人、ジーッと見ている。小さくなる山本。そのとき、

瀧子　わかったァ、六十四だァ。
山本　そのとおり！

一同、またポカンとなる。

瀧子　親分の名は三七だから、三と七を足して十。女房のお一は一だから、この一を十に足して十一。子分の五六八は五と六と八で十九。そうするとここまでが三十。その三十に、踊りの師匠二三八の二と三と八を足して四十三……。

多喜二　（感心して）出てくる人の名前を、いちいち分解して、その数を足していたんだ。

瀧子　そう。六本木って村の名前が一つあったから、その六まで足すと、ぜんぶで六十四になる。

多喜二　すごい人だなあ、瀧ちゃんは！

山本　（瀧子の前に正座して）ほんとうにすごい人だねえ、きみは。自分は、自分のすべてを、この六十四という数に注ぎ込んだんだ。人の名、土地の名、すべてに数をつけて、合計が六十四になるよう、どれほど知恵をしぼったか！　……気づいてくれて、ありがとう。

瀧子　（相手が刑事なので、警戒しながら、つとめて東京弁で）わたし、日に何十回となく蟇口の中をのぞいて、一銭玉や五銭玉の数をかぞえるんだ、「あしたのお米、買うにいいかな」「今月の部屋代、払うにいいかな」って。その癖がまた出ただけだよ。それにいま、丸ノ内の常磐軒《ときわけん》でお給仕のお仕事をしてるんだけどね、

多喜二　（オヤと思う）……。
瀧子　ご注文のお膳の数は、配ったお膳の数は、お銚子の数は、おチョコの数は、出されたお札の数は、釣り銭の数は……頭ン中には数のことしかない。だからひとりでに、名前に付いた数を足していたんだね。

五人、瀧子の賢さに感心するが、その中から、

多喜二　いまの話では、美容学校の助手をやめてしまったみたいだけど、そうなの？
瀧子　（うなづいて）わたしの話っていうのは、そのことだったんだ。住み込みの学校助手の月給は三円。母ちゃたちと住んでる御茶ノ水のアパート代を払ってしまうと、墓口は空っぽになる。そこへいくと、常磐軒は実入《みい》りがいいんだよ。月給は二十円だけど、お客さんの心づけも同じぐらいあるからね。
多喜二　……お母さんも上京なさったんだ。
瀧子　（うなづいて）弟や妹たちも入れて一家七人、六畳一間で暮らしてる。ユルグネー。

チマ　うんうん、それはユルグネーナ。

山本をのぞく四人に、共感の輪が広がる。

ふじ子　どこかの美容院ではたらく、そうは行かないのかしら。

瀧子　そこなんだ、アダマ病《や》めンのは。わたしが教わったのは、うんと新しい技術なんだよ。とりわけ兜型《かぶとがた》ドライヤーを使わせたら、アメリカ帰りの校長先生も舌巻くほどなんだから。

多喜二　だから、その腕を生かす。

瀧子　多喜二兄さんは、いま東京に兜型ドライヤーが何台あるか知ってたか。丸ノ内ビルの山野千枝子美容院、銀座の資生堂美容室、そしてうちの学校の中古品、まだこの三台しかないんだよ。ああ、兜型ドライヤーがもっと広まるといいんだがなァ！

多喜二　……ぼくは、自分の無力さを痛感している。瀧ちゃんをまた料理屋へ逆戻りさせてしまったんだ。

瀧子　余計な心配、しないでいい。こんどは酌婦じゃない、ちゃんとした給仕人なんだからね。
多喜二　日本には、瀧ちゃんの最先端技術を生かす場が、まだ足りないんだな。
瀧子　校長先生の口癖はこうだよ、「警察やお役所が婦人の髪型まで口を出してくる。日本はまだまだ成熟していませんね」って。
古橋　（本性を出して）その校長、アカだな。
瀧子　男爵夫人だよ。
古橋　チッ、爵位持ちには手が出せねえや。

話題をさらわれ、焦《じ》れていた山本、

山本　わけがあるんだ！　あの六十四という数には、深いわけがあるんです。
古橋　……いきなりどうした？
山本　自分の話、まだ終わっておりません。
古橋　もういいって、数の話はよ。
山本　ここからです、話の本筋は。
古橋　もうお帰りよ。またあしたのお昼な。

山本　どうしても、お返ししたいんです、あの六十四円を！

五人、「？」となる。

山本　関東大震災で家族を失い、大阪の親戚のところへ転がり込んだ自分にはもう、中学へ通う余裕はなかった。そんなある日、町内のあばら家《や》の軒の下で泣いていると、中から、「なにが悲しいのじゃ」と、やさしいお声が降ってきた。見上げると、りっぱなお髭《ひげ》のご老人が、格子窓《こうしまど》ごしにぼくを見下ろしている。わけを話すと、「週に一度、井戸から風呂に水を汲《く》んでくれぬか。で、その授業料、わしが工面してみよう」。そのあばら家こそ、自分の恩人、斎藤虎造先生の剣術道場だったのです。先生が工面してくださった学費は、二年間で、六十四円に達しました。

六十四の意味を摑むことができて、一同、なんとなくホッとした気分。

多喜二　斎藤虎造という、このペンネーム、そこに由来してたんですね。

山本　（うなづく）はい。
チマ　たいしたいい話だねえ。
瀧子　うん、泣かさったねえ。
ふじ子　六十四に、こんな深いわけがあったなんて、ねえ。
山本　ところが！　……このあいだの、関西一帯に吹き荒れた季節外れの台風を食らって、道場がペッシャンコになってしまいました。柱が腐っていたんだ。建てなおすにも、その資金がない……。
古橋　お弟子さんたちに、寄付金集めの奉加帳《ほうがちょう》を回せばいいだけの話じゃないか。
山本　それが、あまりいないんだ。
古橋　なんでだよ。
山本　虎造先生は、思うところがおありらしく、剣道の段位を持っていらっしゃらない。そこで、習いにくる人が少ない。
古橋　段位も持たずに道場かよ。いい度胸だな。
山本　でも、いい人なんですよ。恩返しがしたいんです。

多喜二、なんとなく蟇口を取り出して、中を覗き込む。

多喜二　……二円と、五十銭。

一同も、それぞれ蟇口を取り出して、中を覗き込む。

瀧子　……四十三銭。

ふじ子　五十二銭。

チマ　帰りの汽車賃と途中のお弁当代、母ちゃだちのお布団代、それから、アレとコレとナニで……残りは三円もあるかしらねえ。

古橋　（ぶつぶつと言いながら小銭を数えて）自分らの俸給《ほうきゅう》の安さときたらお話になりませんからね。そこへもってきて、かみさんが双子なんぞこしらえちまってさ、タバコもやめて……エッ、たったの一円十銭かよ。

山本　これっぽっちも、みなさんからいただこうとは考えておりません。（多喜二の前に両手をつく）どんな雑誌でもいい、その捕物帖を、六十四円で売り込んでください。お願いです。

多喜二　（弱って）このままではねえ。

**山本**　直しますよ、いくらでも直します。
**多喜二**　……直しようがあるかどうか。
**山本**　（ガクッとなる）……。
**多喜二**　いまの虎造老人のことを書いたらどうでしょうか。老人と少年の心の通い合いを、決して飾らずに、言葉の鑿《のみ》で素直に彫り上げる。きっといいものになる。そのときは、戦旗に売り込みます。
**山本**　……筆が遅いんです。「三七捕物控」の第二回を、書いているところなんですが、一日に十行も進めばいい方で……、

声も小さく、体も小さくなってしまう山本。

**古橋**　（多喜二に）もとはといえば、あんたが悪い！

多喜二たち、びっくりする。

**古橋**　小林多喜二さんよ。あんたには、百五十円の報奨金がついていた。百五十円

の賞金がかかっていたんだ。それがどうだ、豊多摩刑務所から出てきてからのあんたときたら、赤いカドがすっかり丸くなっちまってさ、都新聞に連載を始めるような、穏やかな人物になってしまった。おかげで、報奨金は中止さ。危険人物のままでいてくれたら、いますぐ捕まえて……山本くんも恩返しができていた。うちの赤ん坊のオシメぐらいは新調できたんだ。なんだい、勝手に丸くなっちまってさ。

**多喜二**　（ニコッと笑って）やはり古橋刑事だったんですね、ファンレターにかこつけて、ぼくを煽《あお》り立てていたのは。そうでしょう。

**古橋**　（びっくりする番で）……エッ？

**多喜二**　手紙の文面をろくに見もせずに空《そら》で読んだりしていた。

**古橋**　……そうでした？

**多喜二**　書いた当人でなければできない芸当です。

**古橋**　……抜かったな。

**多喜二**　なによりも、「中心を潰せば、あとに残るのは烏合の衆」というのは、あなたの持論ではないですか。

多喜二に清々《すがすが》しく見つめられて、古橋、目を落として蟇口を見て、

古橋　さっきからずうっと一円十銭のままでいやがる。

一同、それぞれの蟇口に目を落とし、それから目を上げて、「蟇口ソング」を歌う。

六人
わたしのいのちの　革の蟇口
世間にひらいた　大きな戸口
銅貨も硬貨も　休んでお行き
どうか一日　泊まってお行き
今日も願いは　かなえられない
明日も祈りは　届くはずない
銅貨は走って　駆けてくばかり
硬貨は笑って　逃げてくばかり

おまえはただの　通り道
悲しみばかりが　居残っている

わたしのだいじな　黒い蟇口
世間にひらいた　大きな戸口
おサツも小銭も　遊んでお行き
なんならわが家の　子どもにおなり
今日も願いは　かなえられない
明日も祈りは　届くはずない
おサツはさっさと　去ってくばかり
小銭はこそこそ　出て行くばかり
おまえはただの　通り道
苦しみばかりが　居残っている

六人の上に闇が降りてき、ピアニストはしばらく居残って、短い間奏曲を弾く。

# 第二幕

# 六　パブロフの犬

ピアニストが「パブロフの犬」の前奏を弾き始めると、心細く点《とも》っている電球（電柱つき）が、ぼんやりと見えてくる。

「五」から十ヵ月あと、昭和七年（一九三二）五月下旬の夜おそく。電柱のほかにはなにもないような、新宿からそう遠くない空地。

古橋刑事と山本刑事、上手、下手から後向きに入ってきて、中央で背中合わせにぶつかる。二人、びっくりして相手をたしかめ、それからホッとして、「パブロフの犬」を歌う。

二人
山を動かせと　そういわれたら
山にむかって　吠え立てますぜ
空を持ち上げろと　そういわれたら
空にむかって　ションベンしますぜ
アカはアクだと　そういわれたら
牙《きば》むきだして　食いつきますぜ
骨つき肉に　ありつけるなら
千切れんばかりに　シッポふるのさ
あたりまえだよ　自然なことさ
条件反射の　犬なんだからな

ピアノが低く鳴るなかで、次の対話。

古橋　……それにしても、自分たちは、ずーっと、だらけていた。そうは思わんか。
山本　はい。とりわけ自分なぞは、とくにだらけ切っておりました。

**古橋**　そのあいだになにが起こったか。小林多喜二がアカの結社の正社員になった。それどころか、この地上からドロン、地下に潜ってしまいやがった。
**山本**　（あたりを見回して）中央線沿いの豊多摩郡には、もう潜んでいないでしょうね。ワッ！（古橋、びっくり）なんて、そのへんから出てくることは、もうない。探しつくしましたからね。
**古橋**　報奨金は倍額になって復活した。それを狙って、本庁には、多喜二を専門に狙う特高新撰組なるものが結成された。（突然）なんでおれたちが外されたんだよ。
**山本**　だらけていたからです。
**古橋**　……それはいえるわな。
**山本**　麻布連隊の右翼将校団、そして東京憲兵隊麴町分隊、この二つが「多喜二をやっちまえ」って、動き出したらしいですね。
**古橋**　チクショー、小林多喜二はおれたち二人のものだったのになあ。
**山本**　気合いを入れ直しましょうよ。
**古橋**　（力強くうなづいて）おれたちは番犬だ。だけどな、この国一番の番犬であるという自負はある。……あるよな。
**山本**　そりゃありますよ。

気合いを入れ直した両刑事、二番を歌う。

二人
シロはクロだと　そういわれたら
目の玉シロクロ　してみせますぜ
カラスは白いと　そういわれたら
電信柱に　ションベンしますぜ
アカはアクだと　そういわれたら
牙むきだして　食いつきますぜ
骨つき肉に　ありつけるなら
鼻をきかせて　嗅ぎ出しますぜ
あたりまえだよ　自然なことさ
条件反射の　犬なんだからな

二人は退場し、ピアノは残る。

# 七　二つのトランク

ピアノの後奏のうちに明るくなると、「六」から四ヵ月あと、昭和七年（一九三二）九月中旬の、とある夕方、午後六時すぎ。

多喜二とふじ子が、麻布区新網町《しんあみちょう》の隠れ家《アジト》から、同区桜田町の隠れ家《アジト》に移動する際、数日間、潜んでいたとされる「麻布アパート」一階の一室。

中央にテーブルと椅子二脚。上手奥にドア。その手前に、簡単な流し《シンク》と備付け電熱器。さらにその手前に洋服箪笥《だんす》。

下手奥、壁につけてセミダブルの寝台。その足元に、小さなトランクが置いてある。寝台の手前横（下手袖近く）に大きな窓。窓の前に画架《イーゼル》が立てられている。画板には、ふじ子による、描きかけの多喜二像。――なお、トイレ、シャワーは共用、ドアを出て、廊下を玄関の方（上手の方角）へ行ったところにあり、この一一一《いちいちいち》号室は、廊下の一番奥にある。

多喜二（ズボン、ワイシャツ、靴）、コードを長く垂らした電灯の笠の下にテーブルを移し、鑢《やすり》の上に置いたハガキ大の原紙《げんし》を、鉄筆《てっぴつ》でガリガリと切っている。床には大きなトランク。

……と、ドアでノックの音。なかなか複雑なリズム（たとえば、「蟇口ソング」の出だし）。多喜二、ドアの音がしたとたん、反射的に反応して、トランクに手をかけるが、そのリズムを聞いて、緊張をといて、

**多喜二**　あ、ふじ子だ。（立って、ドアの前に行き、半ば冗談で合言葉）シンガポールからお帰りですか。

**チマ（声）**　上海から帰りました。

**多喜二**　……エッ、姉ちゃ？　天津には寄らなかったのですか。

**瀧子（声）**　北京には寄ったんだよ。
**多喜二**　……瀧ちゃんだ。ハバロフスクはいかがでしたか。
**ふじ子（声）**　サンフランシスコよりは寒かった。
**多喜二**　（ほんとうにホッとして）アラスカよりは暖かいはずですよ。
**ふじ子（声）**　合言葉はもういいのよ。開けてちょうだい。
**多喜二**　そのアラスカも北極よりは暖かい。

多喜二、開錠、ドアを引く。
チマ（和服、例の大きな信玄袋）、瀧子（和服、小さな信玄袋）が入ってくる。殿《しんがり》のふじ子（洋装、大きめのハンドバッグ）、すばやくドアを閉めて施錠。

**ふじ子**　ただいま。（チマと瀧子に）お湯はすぐわきますからね。お茶を召し上がっていって。
**チマ**　フーン、それが電熱器なのかい。ホー、なんだか外国にきたみたいだねえ。（多喜二に）ふじ子さんからも聞いたけど、元気そうでなによりだよ。

**瀧子**　おひさしぶりだなァ。

**多喜二**　……やあ。この原紙切り、もうひと息なんだ。ちょっと待ってて。

ふじ子が、流しで、薬罐《やかん》に水を入れて電熱器にかけたりする間、チマは椅子に腰を下ろす。瀧子は画架が気になって、寝台の方へ……。

**チマ**　あんたたちの合言葉、ふじ子さんから教わったんだけどね、あれは言葉遊びにしても、長すぎるんでないかい。フツーは、「山」といえば「川」、気持がいいぐらい短いよ。なんだっけ、シンガポール、上海……？

**瀧子**　（画架を見ながら）天津、北京、ハバロフスク、サンフランシスコ、アラスカ、してから北極。

**チマ**　ほら、長すぎるんだよ。

**多喜二**　（原紙を切りながら）それには、わけがあるんだけどね。

**ふじ子**　（引き取って）多喜二さんは、いま、わたしたち、非合法政党の文化グループの責任者をなさっています。その多喜二さんに、党の別のグループの責任者から、じかに会って話がしたいといってきたとします……。

チマ　社長会談、みたいなもんだね。
ふじ子　……そのときは、その会談の前に、それぞれのグループの同志たちが連絡を取り合って、一に場所、二に時刻、三に合言葉、四になにか印になるようなものを決めておくんです。
チマ　……印になるようなもの？
ふじ子　手にハンカチを巻く、都新聞を小脇に挟む、その場所その時刻に空を見上げている……そういったことね。
チマ　その社長と社長、たがいに顔も名前もわかっていないのかい。
ふじ子　（ゆっくりとうなづいて）同志のことは、おたがいに知らない方がいいんです。
チマ　知らない方が、いい？
ふじ子　もしも、特高や憲兵隊に捕まって拷問を加えられたら……そこはやはり人間ですもの、あまりの苦しさに耐えかねて、知っていることはなにもかも口にしてしまいます。だから……知らない方がいいんです。知らないことは、吐きようがありませんものね。
チマ　（ズシッと受けとめて）そうか。いまのは、言葉のお遊びじゃなかったんだねえ。

瀧子、寝台に腰を下ろして画架を見ているが、そのうちに、〈寝台の意味〉に気づいて、体を凍らせる。

……薬罐から湯気が立つ。ふじ子、お茶をいれながら、

**ふじ子**　わたし、部屋の鍵を持っていなかったでしょ。それも、まさかのときのためなの。

**チマ**　……まさかのとき？

**ふじ子**　（うなづいて）いま勤めている銀座図案社《ずあんしゃ》も、左がかったお仕事が多い。それで、築地署あたりから、目をつけられています。もしも捕まって、「この鍵は？」と責められたら、それは最後の最後までがんばるつもりでいますけれど……でも、その恥ずかしさ、辛さ、痛さ、苦しさが、わたしの限界を超えたら……この麻布アパートのことも、多喜二さんの居場所も、なにもかも口にしてしまいそうで、こわい。だから、鍵は、持って出ない方がいいんです。

**チマ**　（合点が行って）なもかもユルグネーナ。

**ふじ子**　（サッと明るく切り替えて）さあ、お茶が入りましたよ。

ふじ子、チマと多喜二に、それから瀧子に、お盆から茶椀を配る。頭を下げて無言で受け取る瀧子。ふじ子、瀧子と肩を並べて絵を見る。

**ふじ子**　このイーゼルはね、まさかのときの武器になるのよ。すばやく折り畳んで、特高を突く。相手がひるむすきに逃げる。

**瀧子**　（寝台ショックもあって、うまく口が利けないでいる）……。

**多喜二**　（うまそうにお茶を飲んでいたが）……姉ちゃんも瀧ちゃんも、なるべくなら、ぼくらの前に現れない方がいいよ。だれに見張られているか、わかったものじゃないからね。二人にとばっちりがとぶのが、なによりこわいんだ。どうしてもというんなら、変装かなんかしないといけないよ。

**チマ**　あたしが変装……！　また、そったなお道化《どけ》いって。

**多喜二**　いや、連中は鷹の目を持っている、犬よりも鼻が利く。用心しないと、その爪で摑まれ、その牙で食い千切られてしまう。連中を甘く見ちゃいけないよ。

**チマ**　でもねえ、渡したいものがあって、おまえに会わないばないと思ったんだよ。

**ふじ子**　それで、お二人を、わたしがお連れしました。……今日の午後、銀座図案社へ瀧子さんからお電話をいただいたんです、「小樽から上京なさったチマ姉さんが、いま常磐軒でライスカレーを召し上がっている。帰りに寄りませんか」って。

**チマ**　それで、ふじ子さんと常磐軒で落ち合って、イヤー、それからはたいした東京見物、させてもらったもなァ。東京駅から山手線《やまのてせん》を一回り半だよ。渋谷駅からは街路電車《がいろでんしゃ》だよ。なんとかいう停留所で降りたら麻布十番商店街だよ。日本にこれだけ人がいたかと思うほどの人出だった。いやもう、いまだに目がまわる。

**ふじ子**　尾行されていないかどうか、ずうっとたしかめていたんです。せわしい思いをさせてごめんなさい。

**チマ**　（感心して）知らなかったなあ。

**瀧子**　もうセヅネー。ここにいるのって、もうつらい。

瀧子、寝台から立つ。

**瀧子**　姉さん、渡すもの、渡してもう帰ろ。（信玄袋から、お捻《ひね》りを摑み出してテーブルに並べながら）カンパするからァ。
**多喜二**　……？
**瀧子**　今日の分の心付けだから安心してね。ぜんぶ合わせると、二円にはなるはずだよ。
**多喜二**　いけない。これを持って帰らないと、お家の人たちが困る……。
**瀧子**　ふじ子さんに聞いたんだから、多喜二さんたちの蟇口は空っぽだって。

多喜二、ふじ子を見る。ふじ子、頬笑み返して、

**ふじ子**　姉さんもカンパをしに、きてくださったんですって。
**チマ**　うちの人がね、義弟《おとうと》が困っているようなら、オヤジの遺した信用組合の株、ちょぴっと始末しようじゃないかといってくれてね、「チマや、そっと持ち出してこそっと売ってしまえ、わしは何も知らんぞ」だって。（信玄袋からパンパンに膨れた蟇口を出して）百円、入っているよ。蟇口も新調しといた。

チマ、蟇口をお捻りと並べて置く。

多喜二、二人に深く頭を下げる。ふじ子も……。

チマ　これもふじ子さんから聞いたことだが、これまで赤い結社にカンパしていた学者の先生方《がた》や物書きの先生方、それから学生さん方……まとめてサンパだっけ？

ふじ子　シンパです。

チマ　そういう方たちが警察に睨まれて、お金が出せなくなったんだってね。

多喜二　（うなづいて）国内の資金源は、もうほとんど断たれてしまったよ。上海の秘密機関を通して、外国からも活動資金の援助を受けていた。その頼みの綱の上海ルートも、日本の特高と蔣介石《しょうかいせき》の中国国民党警察によって潰されてしまった。……どうもわが党の中に、特高から送り込まれたスパイがいるらしくて、重要な情報が特高に洩れたようなんだ。

チマ　そうすると、あんただちの会社は、こわれた水道管のようなもんで、お水が、資金が流れてこないと、そういうことだね。

多喜二　水道管そのものがもう存在しないんだよ。特高に潰されたからね。

チマ　……会社が、なくなってしまった？

**多喜二**　そう。姉ちゃのたとえでいえば、もう本社はない。のこされたのは支店ばかりだ。その上、支店のあいだに横のつながりもない。どこにどんな支店があるのか、どこでどんな活動をしているのか、たがいにわからない。こうなると、てんでにその場その場で最善をつくすしかない。

**チマ**　支店同士で連絡をつけ合って、本社を再建したらどうだ。

**ふじ子**　横につながると、まさかのときに、芋蔓式にやられてしまいます。

**チマ**　なるほどなるほど、さてさてさてさて……、

チマ、改まって、

**チマ**　むかしに帰って、姉ちゃが意見するべし。多喜二、よく聞けや、ふじ子さんもな。世のためになることをしたいというおまえの考えに、わたし、賛成でした。うちのひとも同じ考えでした。ところがどうだ、地下活動とやらの先の暗いごとはよ！　わたし、こったなもんだとは知らなかったから、あんただちが地下に潜るのさ賛成しましたが、いまその実体ば知ってびっくりしました。そったな東西南北も、前後左右もわからない暗いところで、いったいなにをしようというんで

すか。これではモグラより始末が悪いよ。
**多喜二**　姉ちゃ！
**チマ**　……？

多喜二、打ち明ける決心をする。

**多喜二**　それから、瀧ちゃん。山手線の五反田駅の近くに、大きな電線会社がある。ひょっとしたら、今日、二人とも電車の窓から見たかもしれない。とっても大きな工場《こうじょう》だ。

チマと瀧子、顔を見合わせる。どうも見ていなかったようだ。

**多喜二**　その電線会社が、去年、政府から防毒面《ぼうどくめん》の注文を受けた。その注文には、政府からのベラボーな額の補助金がついていた。そして、補助金の半分が、防毒面計画を立てた陸軍幹部や、口利きをした政治家の銀行口座に振り込まれた。

多喜二、熱を帯びてくる。

**多喜二**　会社は、契約工という名のもとに、うんと安い賃金を設定して、工員さんの数を一挙に三倍にふやした。ところが会社は、たとえば、休憩所や便所をふやそうとしない。そのために、工員さんたちは弁当を立ったまま、たべなくてはならなくなった。便所の前には、いつも長い行列ができた。しかも会社は、勤務中に便所へ立つと、それを便所サボタージュと勝手に名づけて、一回につき十銭ずつ、給料から差《さ》っ引《ぴ》いた。この便サボを見張るために、大勢の警官が動員された。……便所を我慢するせいで、膀胱炎《ぼうこうえん》になる工員さんが続けざまに出た。勇気をふるって「便所をふやしてください」と申し入れた工員さんは、警官から「アカの手先め」と殴られて、その場でクビになった。

**瀧子**　ひどいなァ！

**チマ**　(同時に)なんぼなんでもな！

**ふじ子**　(制して)アパート中に聞こえますよ。

**多喜二**　ところが、こんどの満洲事変で、防毒面が何の役にも立たないことがわかった。陸軍幹部は、国際法で毒ガスが使用禁止になっていることを知らなかったのだ。だれも毒ガスを使おうとしないのだから、防毒面がいるわけがない。こうして、生産が打ち切られることになったが、そのとたん、会社は、契約工全員に解雇を通告してきた、それも予告なしで、一方的にだよ。
チマ　ハンカクサイ会社だ！
瀧子　(同時に)　ミッタクナイ会社だァ！
ふじ子　(制して)　麻布十番まで聞こえますよ。
多喜二　利益になるときは雇う、利益にならなければ首を切る、こんな利益第一のやり方を放っておいていいのか。人間は、断じて、おまえたちの金儲けの道具ではない！
ふじ子　(制して)　東京中に聞こえますって。
多喜二　……だものでね、工場内のあらゆる便所に、毎朝、首切り反対のビラを置いとくんだよ。
ふじ子　工員さんの中に、わたしたちのシンパがいます。その方たちが出勤なさるときに、わたしがこっそりビラの束をお渡しするんです。人気があるんですよ、小林多喜二のビラは。アッという間になくなってしまうんですって。

多喜二、原紙を電灯に透かして、

**多喜二**　(読む)「政治家の見通しはいつもズサンである。軍部幹部は威張っているわりにはいつも勉強不足である。資本家はいつも銀行口座の残高しか考えていない。補助金はたいていいい加減である。そして、こういった欲の皮を突っ張らせた連中をいつもお守りしているのが、官僚という名の高級役人であり、警察という名の番犬である」。

チマと瀧子、パチパチと拍手。

**多喜二**　(手で制して)この次に、こんな文章を続けようと思うんだ。(トランクのポケットから小さなメモを出して読む)……「そして、このタヌキとその番犬どもは、天皇を生き神様に祭り上げ、その前でうやうやしく振る舞って見せることで、もっともらしく国家の体裁を整えている」。(メモから目をはなして)……契約工員のみなさん！　(またメモを見て)「これが、わが国に仕掛けられている、天皇制という名の巧妙な手品なのであります」……！

チマと瀧子、わからなくなっている。

**多喜二**　以上が、ぼくらの「支店」の、いまの仕事、うまく行けば、契約工員組合ができるかもしれない。

**ふじ子**　できるようにしましょう、ぜひとも。

**多喜二**　よし、ビラの仕上げだ。

多喜二、勢いよくテーブルに戻り、鑢の上に原紙をのせ鉄筆を取る。

**チマ**　（ふじ子に）……あとで、謝っておいておくれね、さっきは姉さん風を吹かせすぎたようだってね。

**ふじ子**　（うなづいて、頬笑みで返す）……。

**瀧子**　（ふじ子に）多喜二兄さんの小説がのってる雑誌、いつも新聞に大きな広告を出すね。そのたびに買ってるよ。

**ふじ子**　活字より伏せ字の方が多いでしょう。あれじゃ伏せ字を買うようなものね。

**瀧子**　作者の名前はまだ伏せ字になってない！　わたし、多喜二兄さんの名前を眺めていればそれでいいんだから。

**ふじ子**　（瀧子の想いを受けとめてから）……特高さんたちはカンカンに怒っているみたいよ。小説がドシドシ発表されているのに、当《とう》の作者はどこにもいない。

**瀧子**　からかわれている！　そう思って怒っているんだよ。

**ふじ子**　きっとそうね。

多喜二、蟇口とお捻りに、目をとめている。

**多喜二**　……雑誌の原稿料も、本の印税も、みんな、馬橋の借家にいる母ちゃんと三吾のところへ振り込まれることになっていてね、それで、この鉄筆も原紙もワラ半紙もインキもなにもかも、ふじ子のお給料から出ているんだ。だから……、

立って、チマと瀧子に頭を下げる。

**多喜二**　助かる、とても助かる！　ビラの枚数を、二倍にも三倍にも、ふやすにいい

い！（坐りながら）このアパートの一週間分の家賃も、ふじ子が資生堂のポスター描きのアルバイトをして出してくれた。これまでの隠れ家《アジト》は、陽の当たらない、暗い五畳間だった。次の、また暗い隠れ家《アジト》を探すあいだ、ふじ子は、たぶん、ぼくを、こんな明るい部屋に住まわせたかったんだな。

多喜二、ふじ子に鉄筆を掲げてから、ふたたびガリ切りに取り組む。

**瀧子**　（ふじ子に）ふじ子の、ふじ子が、ふじ子は……呼び捨てにされるっていいな。

**ふじ子**　（少し困っている）……。

**瀧子**　昼もいっしょ。（寝台にチラッと目をやって）夜もいっしょ。いいな。

**チマ**　そのことならば、あたしだち三人で、なんども話し合って、おたがいに納得したはずだよ。

**瀧子**　わかってる。でも、こうやって、「現場」にきてみると……やっぱり、うらやましい。

**チマ**　その気持、よくわかるけどねえ。でも、「多喜二兄さんはアカ一筋のひと、地下までついて行くには、ふじ子さんの方がふさわしい」と、そう話をまとめたのは、あんた、瀧ちゃんなんだから。

**瀧子**　……わかってる。

**チマ**　こうもいってたねえ。「あたしの肩には一家七人の暮らしが、かかっている。七人も引き連れて地下へ潜ると、きっとだれかが地面に顔を出してしまう。それでは多喜二兄さんに申しわけがない」って。

**瀧子**　（声にはならないけれど）わかってる。

**ふじ子**　瀧子さん。

**瀧子**　……？

**ふじ子**　あなたは多喜二さんが最初に好きになった女《ひと》、そして、多喜二さんがいまも想いつめている女《ひと》。それはわたしもわかっているんです。ただ……、いまは非常時です。こんなときならわたしが一番、役に立つ。その自信もある。やがて、いつか、世の中がおだやかになり、やすらかになれば、そのときは……、

**チマ**　わかっているって。

チマ、自分の蟇口から一円札を何枚か抜き出していて、ふじ子に握らせる。

チマ　わだしらのカンパ、ビラ代でなくなってしまいそうだ。馬橋の母ちゃに持ってきた小遣いだけど、これでウナギでも食うべし。多喜二のこと、頼みますよ。

ふじ子　……！

瀧子　……ふじ子さん、ありがとうね。

ふじ子　麻布十番までお送りします。

チマ　いいって、いいって。

ふじ子　わだしもパンを買ってこないと。夕ご飯は目玉焼きとパンなんです。

瀧子　朝ご飯みたいだけど、いいな。

チマ　（多喜二の方へ）じゃあ、元気でね。

瀧子　いい小説、書いてね。

多喜二　（ちょっとだけ振り返って）命あらばまた他日《たじつ》。元気で行こう。絶望するな。

チマ　……いまのは、なんだろう。

ふじ子　わたしたち同志が別れるときに交わす言葉です。もう二度と会えないかもしれないが、とにかくお元気でと、気持を込めていうんです。

チマ　地下活動ってのはユルグネーナ。
瀧子　小林多喜二くん、絶望するなァ。

チマと瀧子、ドアをノックしたりして出て行く。鍵をもったふじ子、その後につづいて出る。
……多喜二、ほどなく鉄筆を擱《お》き、

多喜二　……絶望するには、いい人が多すぎる。希望を持つには、悪いやつが多すぎる。なにか綱のようなものを担いで、絶望から希望へ橋渡しをする人がいないものだろうか（ピアノが忍び込む）……いや、いないことはない。

多喜二、「信じて走れ」を歌って、自分を励ます。

多喜二
愛の綱を肩に
希望めざして走る人よ

いつもかけ足で
森をかけぬけて
山をかけのぼり
崖をかけおりて
海をかきわけて
雲にしがみつけ
あとにつづくものを
信じて走れ

間奏――多喜二、原紙を慎重に謄写版器《とうしゃばんき》のスクリーンにセットする。そして、二番へ――

愛の綱を肩に
星をめざして走る人よ
いつもひたすらに
ワルをうちこらし

ボロをうちすてて
飢えをうちはらい
寒さうちやぶり
虹にしがみつけ
あとにつづくものを
信じて走れ
あとにつづくものを
信じて走れ

開錠の音。
束髪で出たはずのふじ子、濃い口紅の断髪姿で入ってくる。食パン、アンパン、ジャムパン（そしてベートーベン風のかつら、細縁《ほそぶち》のメガネのつる、付け頬髭など）の入った紙袋も抱えている。

多喜二　（とっさにトランクに手をかけて）……どなた？
ふじ子　（施錠しながら）わたしですよ。

多喜二　……なんですか、その髪型は。
ふじ子　かつらよ。
多喜二　……かつら？
ふじ子　（袋をテーブルに置いて）パン屋さんのお隣りが古道具屋さんで、店先きに、かつらがあふれていました。左翼劇団がまた二つ、三つ潰されて、かつらなぞを処分することになったんでしょうね。（洋鬘《ようかつら》を取り出して）あなたにも買ってきました。
多喜二　……！

ふじ子、洋服簞笥の扉を開き、ボーッとしている多喜二を裏の鏡の前に立たせて、かつらをかぶせ、頰髭を付けてやり、細縁メガネのつるを渡す。
多喜二、メガネをかける。

ふじ子　まあ、シューベルトみたい！
多喜二　それは誉めすぎでしょう。……で、これはなんの遊びなんだい。
ふじ子　さっき、チマ姉さんに、こうおっしゃったはずですよ、「鷹の目や犬の鼻をかいくぐるには、変装かなんかしないといけないよ」って。

多喜二　用心しなさい、とはいった。変装はもののたとえですよ。

ふじ子　古道具屋さんの前に立ったとき、かつらの山とあなたの言葉とがピッタリ結びついて、とたんにピカッとひらめいたんです、わたしは舞台女優でもある、って。

多喜二　……なるほど。きみは資生堂の仕事もしている。いわば化ける道の専門家なんだ。

ふじ子　（うなづいて）変装の研究をしましょうよ。そしたら、街頭連絡もやりやすくなりますわ。

多喜二　きみも、ビラ渡しのときに、そうビクビクせずにすむ。

ふじ子　麻布十番で、好きなものがいただけます。そうすれば体力もつく。

多喜二　まずウナギだな。

ふじ子　おそばも忘れずに。

多喜二　なによりも山中屋果物店パーラーの名物、ライスカレーとコーヒーのセットだ。

多喜二、洋服箪笥から上着を出して着る。蝶ネクタイもある。ふじ子、トランクから扇子を出して、ポーズしたりしているが、ふと、

ふじ子　わたし、感じる。

多喜二　……？

ふじ子　多喜二さんを追い詰めようとしている大きな網……。その網がぐんぐん狭《せば》まってきているような、そんな感じがする。

多喜二　きみの勘は鋭いからねえ。これまでその勘に、なんど救われたことか。で、どうしようか。

ふじ子　あすの朝、次の隠れ家《アジト》を探します。

多喜二　やはりこの近くがいいのだろうね。人出が多いから、尾行をまきやすいし、なによりも、五反田の工場に近い。

ふじ子　（うなづく）……。

鋭く開錠する音。すさまじい勢いでドアが開く。

**古橋**　小林多喜二っ！
**山本**　治安維持法違反容疑で検束するっ！

古橋と、鍵束を持った山本の両刑事、飛び込んでくる。が、同時にピアノが鳴って、ふじ子が「靴底」を歌っている、それもクラシック歌曲風に。

**ふじ子**
〽わたしは靴底よ
　虐げられた靴底よォ〜
**多喜二**　（舌打ちをして、手本を示す）
〽虐げられた靴底よォ〜
**ふじ子**
〽虐げられた靴底よォ〜
　いつもギュウギュウとォ〜
**多喜二**　（手を打って、手本を示す）
〽いつもギュウギュウとォ〜

ふじ子　〽いつもギュウギュウとォ～
　地面に圧しつけられているゥ～
多喜二　（床を踏み鳴らして、手本を示す）
　〽……圧しつけられているゥ～
ふじ子　〽圧しつけられているゥ～
多喜二・ふじ子　〽哀れな靴底よォ～

両刑事、まず虚をつかれ、それから疑り深い目でジロジロと観察し、ついに唄のおしまい近くで、

山本　……部屋をまちがえたようであります。
古橋　そういう夫婦者ならこの一一一号ですと、管理人はそういってたんだぜ。
山本　真向かいの部屋ですかね。

古橋　ウム。似たようなドアをズラズラッと並べやがって、西洋式アパートって、
　これだから始末におえねえや。よーし、こんどこそ行くぜ。
山本　はいっ。

両刑事、廊下の向かいの部屋めがけて飛び出して行く。
その半瞬後、多喜二とふじ子、「靴底」を初めから歌い直して偽装しつつ、
それぞれトランクを摑んで窓から外へ——多喜二、謄写版器に未練をのこ
すが、ふじ子に引っ張られて窓外へ去る。
また、その半瞬後、

山本（声）　やはり一一一はここであります。
古橋　多喜二っ！

戻ってくる両刑事。多喜二とふじ子はもういない。両刑事、一瞬、気抜け
するが、古橋、窓へ走って、闇を透かし見る。

古橋　……夜の闇を味方につけやがったな。

中央へ引き返そうとして、画架に目をとめ、画板を持ち上げて睨みつけ、

古橋　器用に変装なんぞしやがって。これはよーく覚えておくぞ！

画板を床に叩きつけて何回も踏みつけにする。
この間、山本、袋からパンを引っぱり出し、それから謄写版器に目をつけて、ローラーで一枚、刷り上げて、文面に目を走らせているうちに、

山本　（読む）……「こういった欲の皮を突っ張らせた連中をお守りしているのが……（大声になる）警察という名の番犬である」……！

古橋、山本と並んでビラを覗き込んでいたが、怒りに燃えて、パンを摑んでガブリとやる。

古橋　きっと、きさまを食ってやる。

山本　（同じくパンを食い千切り）こうしてやる。

「パブロフの犬」の前奏に誘われて、両刑事は、その後半を歌う。

二人

シロはクロだと　そういわれたら
目の玉シロクロ　してみせますぜ
カラスは白いと　そういわれたら
電信柱に　ションベンしますぜ
アカはアクだと　そういわれたら
牙むきだして　食いつきますぜ
骨つき肉に　ありつけるなら
鼻をきかせて　嗅ぎ出しますぜ
あたりまえだよ　自然なことさ
条件反射の　犬なんだからな

ピアノ以外のところへ、夜の闇が滲《にじ》み出してくる。

# 八　胸の映写機

ピアノが演奏し終わって、どこかで大時計が十時を鳴らすと、「七」から約二ヵ月後の、昭和七年（一九三二）十一月初旬。ある日曜日の午前十時ちょうど。

麻布十番商店街の真ん中にある山中屋果物店二階、「パーラーヤマナカ」の奥まった一隅の、①番（上手）と②番（下手）の、二つのテーブル。一つのテーブルに椅子が三脚ずつ、ついている。

①番と②番のあいだに縦に、長い衝立《ついた》て、下手壁につけて横の、短い衝立て。

下手の客席に近いところに、別の客席やレジやキッチンに通じる、かなり大きな出入口がある。なお、たったいま十時を報じ終わった大時計は、レジ（下手袖内）のあたりに架かっている――という設定。

その出入口から、ふじ子が姿をあらわす。紺のワンピースの給仕女のこしらえ。ギザギザ山型の前髪飾り、胸のところまである長い、白エプロン（大きなポケットつき）、手には給仕用の銀盆、左腕に清潔なナプキンをかけて――ひっくるめて、昭和初期の、モダンでド派手なウエイトレス仕立て。

ふじ子、「予約席」と書いた札を、①番テーブルに置き、②番テーブルの様子をチラと見てから出入口へ戻ってくると――。

瀧子、ふじ子と同じウエイトレス仕立てで、下手から入ってきたところ。

二人、出入口のあたりで、少し、抑えた声で、

**ふじ子**　……きのうは、いきなり常磐軒に電話をして、ごめんなさい。

**瀧子**　なんども謝らなくていいよ。きょうは日曜で常磐軒の定休日、体は空いてい

るんだからね。
ふじ子　ありがとう。でも、似合ってる！
瀧子　そりゃあ、接客が専門だからね。チマ姉さんは（①番を透かし見て）まだだな。
ふじ子　おととい、速達を出しておいたから、だいじょうぶ。もちろん隠れ家《アジト》の住所は書かずにね。なんどかお話ししたように、文面はこう。「日曜十時。麻布十番山中屋果物店二階ヤマナカパーラー。奥の①番テーブル。Tさんからお渡ししたいものあり。F子より」。
瀧子　Tは多喜二くんで、Fはふじ子さんだったっけ。
ふじ子　発音がきれいねえ。
瀧子　むかし、Tくんから手ほどきされたことがあるからね。ジス・イズ・ア・ペン。これぐらいはできるよ。
ふじ子　……T、くんと呼ぶようになったのは、どうして？
瀧子　Tくんのシンパになったから。「婚約者と奥さんの間」を中退したから。Tくんのことは、なもかもFさんに任せた。
ふじ子　……ええ。

瀧子　でも、さすがはＦさんだね。ヤマナカパーラーの女給仕とは、うまいこと思いついたなァ。これなら、Ｔくんも安心して出てくるにいいよ。
ふじ子　これもお話ししたけど、このあいだ、Ｔさんとライスカレーをたべにきたとき、ここの女給仕主任が、絵の学校のときの親友、脇坂さんだとわかったのよ。その何日あとだったか、Ｔさんがポツンと、「Ａちゃに生原稿を保管してもらえればなあ」とつぶやくのを聞いて、脇坂さんのいっていたことを思い出した。
瀧子　Ａちゃてだれのこと？
ふじ子　姉ちゃのこと。
瀧子　ＡＮＥ《エイエヌイー》のＡか。
ふじ子　（うなづいて）脇坂さんはこういってた、「日曜日のお昼、ここを手伝う気はないか」って。
瀧子　日曜日のお昼か。なるほどＫだ。
ふじ子　……Ｋって？
瀧子　書き入れどき。

背後の衝立てから二つの顔がヌーッと現れる。古橋は大学応援団長に、山本は部員に変装している。どちらも瓜二つの髭モジャ顔。二人、すぐ顔を引っ込める。

**ふじ子**　それで、おととい、脇坂さんに頼み込んだ、「次の日曜の午前十時から三時間、いちばん奥の、①番と②番のテーブルなら、手伝わせて」って。このお店の一番人気の席は、表通りを見下ろす窓ぎわ（下手袖内）なのね。ところが、こっちはぐるりと壁ばかり、だから、午前中は、とくに空いている。万事好都合でしょう?

**瀧子**　時給は?

**ふじ子**　十銭。

**瀧子**　（すばやい暗算）一日十時間で一円、ひと月三十円か。条件は悪くない。でも、パーラーのお客さんってハイカラぶっているから、あんまり心づけはくれないね。そうなると、まあまあの相場だな。（②番を目でさして）……そこ、②番テーブルは?

**ふじ子**　さっきまで受け持っていた給仕さんからの申し送りによると、慶応大学の応援団長と、部下の団員さんですって。

**瀧子**　（うなづいて）ここは慶応に近いからね。

**ふじ子**　なんでも、早慶戦の応援打ち合わせらしい。早稲田の応援団がくるまで、少し居眠りさせてくれって。

衝立てから、いびきの音。

**ふじ子**　（下手袖内を見て）あ、あのひとが、主任さんよ。紹介しておく。名前は脇坂千恵子さん。

**瀧子**　わかった。ＷＣだな。

瀧子とふじ子、下手へ入る。——古橋と山本、衝立てからヌーッと首を出して見送って、

**古橋**　小林多喜二の留守宅に届く郵便物は、配達前にわれわれ特高の手によって検閲されている。そのことを、二人とも、まだ気づいちゃいないらしいな。

**山本**　そのようですね。

古橋　でも、なんだい、あの変装は！　おれはひと目で見破った。あれは伊藤ふじ子と田口瀧子だよ。
山本　変装じゃありませんよ、あれは。このお店のお仕着《しき》せですよ。
古橋　（ムッとして、山本を見て）……おれが二人いるようで気味が悪い。
山本　自分も同じです。
古橋　だいたい、こう似ていたんじゃ、かえって怪しまれる。変装道具、遺失物係から、ほかにもたくさん借りてきてただろう。
山本　（うなづいて）七変化《ななへんげ》ぐらいはできます。
古橋　階下《した》の便所で、別の変装をしてくるさ。
山本　……はあ。
古橋　ついでに、そのトランクも階下《した》のレジに預けてくるんだな。これからの大捕物のさまたげになる。（興奮してくる）多喜二、その姉チマ、妻ふじ子、そして元恋人瀧子、この四人を一まとめにして検束するんだ。これを大捕物と呼ばずしてなんと呼ぶ（突然、ふらふらっとなる）……。
山本　どうしました？
古橋　報奨金の額を考えたらボーッとしちまってな。山本くん、三百円を超えるぞ、これは。それに、つけ髭って、どうしてこう蒸し暑いんだ。

**山本**　はあ、自分もボーッとしています。

**古橋**　いいか、山本くん。四人がきれいに首を揃《そろ》えたところを捕まえるんだぞ。

**山本**　……たった二人で？

**古橋**　おれはそこ（出入口）にグワーッとこう仁王立ちになって、四人を袋のネズミにする。その間に、きみは階下《した》の電話へ走って、麻布署から応援を呼べ。いいね。

**山本**　はい。

山本の応援団員（羽織袴《はおりはかま》に白襷《しろだすき》、学帽）、大きな道具箱を抱えて、②番から出入口へ。

そこへ、ふじ子と瀧子に支えられた、黒メガネに白い杖のチマ（和服）が入ってきて、ゆっくりとすれちがう。チマは女マッサージ師のこしらえ。三人の女性、「ハテ……？」となるが、山本、応援歌をがなって、ごまかしながら去る。

山本　〽若き血に燃ゆる者、（いきなり最後に飛んで）慶応、慶応、陸の王者、慶応ォ〜。

ふじ子と瀧子、チマを、①番テーブルへ案内する。②番テーブルの古橋（羽織袴に白襷、学帽）、きびしい監視をつづける。

ふじ子　よくいらっしてくださった！
瀧子　（チマに手を振って、にこにこしながら）ご注文は？
ふじ子　（チマの隣りの椅子に坐りながら）まもなくTさんが見えますよ。
瀧子　（ふじ子に鋭く）給仕は椅子に坐るな！　（愛想よく）お紅茶とおケーキのセットはいかが。
ふじ子　お元気そうでなによりですわ。
瀧子　当店特製のライスカレーはいかが。
チマ　（二人に手をのばして探って）どっちが瀧ちゃんで、どっちがふじ子さん？
瀧子・ふじ子　……？
チマ　この黒メガネ、ご近所のマッサージ師さんからお借りしてきたんだけどね、いっぺんに世間が暗くなってしまって、もう、まごつくばかりだよ。

**瀧子**　（手をとって）瀧子だよ。

**ふじ子**　（手をとって）みごとな変装ですわ。

**チマ**　（たしかめて安心して）うちのひとときたら、お話になんないぐらい、ひどい凝り性だかんな、毎日毎晩、さすって、揉《も》んで、圧《お》してあげねばなんないのよ。したども、そのうちにいつの間にかマッサージの達人になっちまってね。したば、化けるにいいのはこれしかない。

瀧子とふじ子、うなづいているところへ、風呂敷包（中身は、大学ノート三、四冊、原稿用紙二百枚くらい）を抱えた多喜二、チャップリンに似せた歩き方でやってくる。もじゃもじゃ髪に山高帽、だぶだぶズボンに小さすぎの黒上着、鼻下にチャップリン髭。

**ふじ子**　……チャップリンの、サンドイッチマン？

**チマ**　……エ？

**ふじ子**　いえ、多喜二さんですわ。

チマ　（黒メガネのまま）……ほう。
瀧子　（なつかしそうに）……多喜二くんだ！

多喜二、①番テーブルの前で、一回りしてから、三人にお辞儀。チマ、その多喜二を、黒メガネをくっつけるようにして見ている。多喜二、チマの隣りに坐って、

多喜二　（チマに）変装が上手なんだなあ。
チマ　（肩を抱き寄せて）あんたもな。それで、達者でいたか。
多喜二　小説とビラと街頭活動の三本立てで、あいかわらず、いそがしくしてる。
チマ　ちゃんとたべてるか。
多喜二　ふじ子は料理上手なんだよ。
チマ　（瀧子の手をとって）ありがとうね。
瀧子　（その手をふじ子に移してやって）あたしは瀧子だよ。
ふじ子　（チマの手をしっかり握って）多喜二さんは好き嫌いがない。作るの、らくですわ。

**チマ**　ありがとうね。
**瀧子**　チマ姉さん、いっそメガネを外したらどうなんだ？
**チマ**　ぼんやりと見えてはいるんだよ。いま、外してごらん、まぶしくてまぶしくて、せっかくの多喜二が見えなくなってしまうよ。
**瀧子**　あ、そうかあ。

②番の古橋、標的が四人そろったのに、山本が戻ってこないので、いらいらし、怒ってもいる。

**チマ**　（多喜二の方へ）今年の五月、日本さ来て大騒ぎになったチャップリン、あんたは、ちっちゃなときから、あのチャップリンの真似がうまかったねえ。『黄金狂時代』がかかったときは、小樽電気館へ日参してたんではないかい。
**多喜二**　あのときはもう銀行に入っていた、だからそんなおカネもあったんだね。
**チマ**　あれは小学校の卒業式だったかね、六年間無欠席の優等生だというので、市長さんからご褒美をいただいたことがあっただろう。ご褒美は鉛筆一打《ダース》だったたっけ？　あのときも、壇の上の市長さんの前へ、いまのチャップリン歩きで出て行って、式場の体操場が揺れるほどの大笑いになった。なつかしいねえ。

多喜二、うなづいてから、風呂敷包をチマの手に持たせて、

**多喜二** (声を抑えて)この中に、ぼくの生原稿、それから小説を下書きした大学ノートが入っている。折りをみて、プロレタリア作家同盟の江口渙《かん》さんに渡してくれないか。江口さんは口のかたい、とてもいい人だ、なんの心配もいらないよ。

**チマ** (風呂敷包を抱きしめて)江口渙さんだな。わかりました。

**多喜二** 馬橋にいる母ちゃは、どうしてる?

**チマ** あさ、ひる、ばんに、東西南北に向かって手を合わせている。

**多喜二** ……東西南北?

**チマ** だって、かわいい息子がどこにいるかわからないだろう?

**多喜二** ……そうか。それで、弟の三吾のバイオリン、少しは聞けるようになった?

**チマ** ウルサイ! っていう苦情が、ご近所から出なくなったようだね。

**多喜二** それはよかった。小樽の義兄《にい》さんはお元気ですか。

チマ　（うなづいて）こないだなぞは、「株をまたちょぴっと売ってしまえ。わしは何も知らんぞ！」って、大声でひとりごとをいってたね。それぐらい元気だよ。（懐中から蟇口を取り出して）その百円ですよ。

チマ、多喜二に蟇口を持たせる。多喜二、蟇口もろともチマの手を握りしめて、

多喜二　……！

ふじ子　（チマを拝むようにして）ありがとうございます。

瀧子　わたしもカンパする。一銭玉を五《いっ》つ。（ふじ子に）さあ、手を出した。

ふじ子　……ありがとう。

瀧子、ふじ子の手のひらに、一銭玉を、五つ落とす。②番テーブルの古橋、カンパの現場を見て、「山本はどうした！」と、いきり立っている。

多喜二　（立ち上がって）さっそくだけど、このおカネ、使わせてもらうよ。せっ

かくフルーツの山中屋へきたんだから、母ちゃんに、大好物のミカンを買ってあげたい。母ちゃんへのお土産にしてください。

**チマ**　もはやあんただちのおカネだ、どう使おうとかまわないが……（杖でトンと床を突いて改まる）多喜二、よく聞けや、ふじ子さんもな。

**多喜二・ふじ子**　……？

**チマ**　ひと月前、東京大森の銀行に、アカの一味が押し入って、現金を三万円、奪って逃げた。小樽の新聞にも大きく出ておりました。まさか、あんただちは、あったなギャングまがいの真似はしていないだろうね。もしもそうだば、この場で縁を切って、赤の他人さなる、母ちゃや三吾と小樽に帰る。さあ、まずもってこれさ答えるべし。

**多喜二**　あの大森銀行ギャング事件はね、特高警察と、われわれの党内に潜り込んでいたスパイとの合作だよ。

**チマ**　合作とは、どういうことだい？

**多喜二**　その前に、ミカンを買ってくる。ここへ上がってくるときにチラッと売場が見えて、そのときでも、ミカンは十個ものこっていなかった。（出入口へ向かいながら）早く買っておかないとね。あの事件のことは、あとで、くわしく。

ふじ子　（チマに）すぐ戻るようにいいます。

多喜二を追って、ふじ子、早足で去る。

瀧子　（チマに）ここの冷やし紅茶、おいしそうだよ。それにしようか。（大声で呼ばわりながら去る）①番さんに、冷やし紅茶、おひとーつ……。

チマ　熱い紅茶の方がいいんだけどねえ。

チマ、呼び止めようとしてテーブルを立つ。杖が床に倒れる。古橋、からかい半分に、②番を出て、杖を拾って渡す。

古橋　杖はあなたの命の綱でしょう。もっと大切に扱ったらどうですか。

チマ　ごもっともさまで……（顔を近づけて見て）わっ、熊……！

古橋　慶応の応援団長ですわ。杖を拾ってさしあげたのも、なにかのご縁でしょうから、ひとつ、いいことをお教えしよう。まもなく、このへんで、見世物が始まる。今年最高の見世物がね。

山本、チャップリンになって現れる。多喜二とそっくりの変装。

**古橋**　（小声で）……多喜二だ！
**チマ**　このへんて、どのへんですか。
**古橋**　さて、そのへんかな、あのへんかな……（②番に入る）。
**チマ**　あのへんて、このへんですか。

チマ、山本とぶつかる。杖を落とす。
山本、杖を拾うが（チマの変装を知っているので）そろそろと差し出す。

**山本**　……どうぞ。
**チマ**　（杖をたぐり寄せ、姿かたちを見て）テーブルへおいで。
**山本**　……エエーッ？
**チマ**　大森銀行ギャング事件の話は、まだ終わっていない。
**山本**　大森ギンコー……そんな、こっちから話すわけには行きません。

チマ　あんたが話さずにだれが話すんですか。

チマ、山本の襟首を摑み、①番テーブルに引っぱって行き、椅子に据えるように坐らせる。

チマ　さあ、どういうことなの。
山本　どういうことかといわれても……どういうことなのか、わかりません。
チマ　なんだい、作り声を出したりして、いやらしい。
山本　地声ですけど。
チマ　あの事件が特高とスパイの合作だったとは、どういうことか、それを聞いているんだ。わたし、このままでは家へ帰れません。（きびしく）あんたは、ギャングだったんかい。
山本　ちがいます、むしろ捕まえる方で……、
チマ　ゴチャゴチャいわずに正直に答えれ！　さもないと……、
山本　……さもないと？
チマ　むかしさ帰って、お仕置きだかんな。（杖で床をドンと突き）答えれ！

山本　（その迫力と北海道弁に、思わず）豚は、太らせてから潰します。
チマ　なんだって？
山本　まず、アカの結社のなかへ特高のスパイを送り込みます……。
チマ　それで！
山本　結社のなかでうまく活躍させ、手柄を立てさせます。スパイのはたらきで、結社は太って行きます。
チマ　それで！

②番から、聞き耳を立てていた古橋、チャップリンが山本であることに気づき、仰天する。

山本　当然、スパイは、結社のお偉いさんに出世します。
チマ　それで！
山本　結社員たちにこう説きます、「あくどい銀行からカネを奪うのは正しい行為である」と。こうしてスパイは、結社員たちに銀行を襲わせますが、すべては、特高当局が引いた図面ですし、スパイの手引きもありますから、犯人たちはすぐ捕まります。

**チマ**　それで！

②番の古橋、山本の話を止めようとして、衝立てを揺すったり、紙を丸めて玉にして投げたりするが、ついに怒り狂って学帽を床に叩きつけたりもする。

**山本**　新聞やラジオに、「アカはギャングだ」といわせます。かくして世間は、アカはこわいものだと信じ込むのであります。これが……、

**古橋**　エッヘン！

**山本**　(アッと我に返って) えーと、それが……、

**チマ**　(大きくうなづいて) それが、豚は太らせてから潰す作戦なんだね。

**山本**　……いまの豚の話、なかったことにしてください。

**多喜二**　北の国では、このミカンのことを橙橙《だいだい》色の宝石と呼ぶんだよ。

紙袋を抱えて、ミカンの説明に熱中する多喜二、瀧子 (銀盆に冷やし紅茶)

とふじ子と入ってくる。

**多喜二**　小樽でもそう、不在地主《ふざいじぬし》のお坊っちゃんでも、正月に一つか二つたべて、それでもうおしまい。それぐらい貴重なんだ。

ふじ子、山本チャップリンを見て、「？」となる。冷やし紅茶をテーブルに置こうとした瀧子も「？」。

多喜二、気づかず、①番テーブルに坐って、チマの前に、山本の前に、瀧子とふじ子の手に、一つずつ配りながら、

**多喜二**　（チマに）店長さんに頼み込んだら、二十個もわけてくれた。四人で食べよう。

**山本**　みごとなミカンですねえ。

**多喜二**　ええ、さすがは山中屋ですよ。

**山本**　ミカンの皮、どっちから剝《む》きます？

**多喜二**　ぼくはヘタからです。

山本　自分は尻からです。
瀧子　四人じゃない、五人いるよ。

一瞬、シーン。

チマ　なぜ、多喜二が二人いる?
多喜二　チャップリンも二人いる!

チマ、黒メガネを外して、山本を見る。ほかのひとたちも、山本をジーッと睨む。その視線の束に圧された山本、ミカンをテーブルに戻す。

山本　(②番の方へ後退《あとずさ》りしながら)……ごめんなさい。
古橋　茶番は終わった。

太いステッキを構えた古橋、②番から、のっしと出てくる。

古橋　変装大会はこれでおしまい。（髭を次々に毟《むし》りながら）そして、これから、ここで、今年最高の見世物が始まる。とくに特高当局の最高機密である「豚作戦」を嗅ぎ出した佐藤チマ。あんたもこの見世物の主役のひとり。当分のあいだ、麻布署の地下の薄暗いところで泣き暮らす羽目になるだろうな。

古橋、山本のチャップリン髭を毟り取って、自分の髭といっしょにして、山本に渡す。

古橋　きみの欠点は今のところ二つ。一つ、口が軽い！
山本　申し訳ありません。
古橋　二つ、腰が重い。
山本　……はあ？
古橋　階下《した》の電話で麻布署へ連絡を入れろ。

山本、走り去る。この間、ふじ子、多喜二とチマを庇《かば》いながら、古橋の出方を見ている。瀧子、ミカンを五、六個、ナプキンに包んで、振り回している。

古橋　……ほう、けっこうな武器だな。

瀧子　（構えて）一つ一つではただの甘酸っぱいミカンだよ。したどもな、こうしてまとまったミカンで打《ぶ》たれてみれ。たちまちノーシントーで病院行きさなるんだかんな。

チマ　（構えて）わたしもこの杖、使わねばなんないな。たいした痛いよ。

古橋　そういうのを、馬鹿のガンバリ傍《はた》が迷惑、というんだよ。おとなしくしてなさい。いま麻布署の警官隊がいいところへ案内してくださるからね。

山本、走って戻ってくる。

山本　電話へ行ってきました。

古橋　警官を何人よこすといっていた？

山本　電話は使用中でした。

古橋　……なに？

山本　おしゃべり屋のおばさんが、長電話をしています。
古橋　そんなやつ、刑法第九十五条の公務執行妨害罪で逮捕しろ。そんなことで引き返してくるきみも同罪だぞ。
山本　……その前に、
古橋　どうした？
山本　じつは、こんなものを書いていたのであります。（内ポケットから十枚ぐらいの原稿の束を抜き出して）小林多喜二、センセイにお目にかかったらぜひ添削をお願いしたい、そう考えまして、朝夕肌身をはなさず持ち歩いておりました。
古橋　季節外れなことをいってないで、早く警官隊を呼びなさい。
山本　（全力で）お聞きねがいます！
古橋　……？
山本　小林家に張り込み下宿をしていたころ、センセイから、こう教わりました。「恩人虎造先生と、少年時代のあなたとの心の通い合い、それを書いたらいかがですか」と。
古橋　おれもいたよ、あんときは。
山本　「虎造先生からの六十四円」、これが題名で、作はわたくし山本正です。

古橋　こんなときに、わけのわからんものを持ち出すな。電話へ飛んで行け！
山本　添削だけです。添削が終わり次第、ただちに検束されていただく。だめでしょうか。
古橋　……おれが電話してくる。きみはここでよーく見張ってろ。

古橋、山本にステッキを渡そうとする。ふじ子がスタスタ寄ってくる。

ふじ子　電話はいけません。
古橋　……あん？
ふじ子　小林多喜二が安全なところへ落ち着くまで、わたしが、あなた方を見張ります。
古橋　なんだと？

ふじ子、エプロンのポケットから、ピストルを抜き出して構える。

古橋　……ロイヤル式拳銃だ。

山本　十連発ってやつです。

古橋と山本、両手をあげる。

ふじ子　チマさん瀧子さんのお二人は、多喜二さんをどこか、安全なところへご案内を！　わたしはここに止まって、小林多喜二の生命《いのち》と思想を守ります。

瀧子　わかった。でも、カッコよすぎだよ。

チマ　このあとどうなさるおつもりなの。

ふじ子　なるようになります。お二人とも、お早くなさいまし！

多喜二　いけません。

ふじ子　……え？

多喜二　ふじ子、ピストルはいけないよ。

ふじ子　だって、わたしは、あなたを……、

多喜二　たがいの生命《いのち》を大事にしない思想など、思想と呼ぶに価《あた》いしません。

ふじ子　……あなた。

多喜二　ぼくたち人間はだれでもみんな生まれながらにパンに対する権利を持って

いる。けれどもぼくたちが現にパンを持っていないのは、だれかがパンをくすねているからだ。それでは、そのくすねている連中の手口を、言葉の力ではっきりさせよう……ぼくもきみも、そして心ある同志たちも、ただそれだけでがんばっているのじゃなかったか。ふじ子、ぼくの思想に、人殺し道具の出る幕はありません。

**ふじ子**　（祈るように）逃げてください……

崩れ落ちそうになるふじ子。古橋と山本、その隙《すき》を逃さず、ふじ子からピストルを奪う。

**古橋**　特高刑事を甘くみちゃいかんよ。

**山本**　もう添削はあきらめなくちゃな。

**ふじ子**　ピストルをお返しください。

ふじ子、それでも古橋に近づこうとする。

**古橋**　動くんじゃない！

古橋、威嚇《いかく》のために天井に向けて引金を引く。アッとなって硬く固まる一同。――ピストル、ポンという音を発して、筒口から花を咲かせる。ふじ子を除く一同、呆然。――とくに古橋、虚脱の末、ピストルを放り出し、ふらふらと床に坐り込む。山本もふらふらとこれに倣《なら》う。

**ふじ子**　（ピストルを拾いあげて）……これは、古道具屋のおじさんが、かつらのおまけにつけてくださった舞台用のピストル。ああ、一世一代の、必死の演技だったのに……！

ふじ子、床に崩れ落ちる。

**古橋**　……どうしてこう、わけのわからんことが、つづけざまに起きるんだ？……チクショー、もうやってらんないや！

坐ったままの古橋、身につけているものを手当たり次第に脱いだり、床に投げ捨てたりしながら、

古橋　ああ、いやだいやだ。もういやだ……。

山本　つかれたつかれた、もうつかれました。

山本、古橋に倣って、上着を、原稿を床に投げ捨てる。——と、多喜二、その原稿をていねいに拾いあげて、

多喜二　拝見しますよ。

山本　……はい？

多喜二　この「虎造先生からの六十四円」ですが、山本さんはこれを、体ぜんたいでぶつかって書きましたか。

山本　そのー、多喜二探索の合間に（言いなおして）勤務のあいだにちょこちょこっと……。

多喜二　世の中にモノを書くひとはたくさんいますね。でも、そのたいていが、手

の先か、体のどこか一部分で書いている。体だけはちゃんと大事にしまっておいて、頭だけちょっと突っ込んで書く。それではいけない。体ぜんたいでぶつかっていかなきゃねえ。

**山本**　体ぜんたいでぶつかると、……どうなるんでしょうか。

**多喜二**　（左手を胸にあてて）カタカタカタカタ、カタカタカタカタ……、

そのふしぎな音の響きに一同、虚脱から覚めて、多喜二を見る。

**多喜二**　体ごとぶつかって行くと、このあたりにある映写機のようなものが、カタカタと動き出して、そのひとにとって、かけがえのない光景を、原稿用紙の上に、銀のように燃えあがらせるんです。ぼくはそのようにしてしか書けない。モノを考えることさえできません。

**山本**　（つぶやくように）……かけがえのない光景？

**多喜二**　そのときそのときに体全体で吸い取った光景のことかな。ぼくはその光景を裏切ることはできない。その光景に導かれて前へ前へと進むだけです。

一同、多喜二の言葉に吸い寄せられている。

**多喜二**　……刑務所は、身体検査の多いところで、係官の前に立って、お○○の穴からオ××チンまで、なにもかも見せるよう命じられる。「背中にホクロがあるんだな」といわれたのは、一回目の検査のときです。それまで、背中にホクロがあるなんて知らなかった。係官たちの視線で、はずかしめられているという切なさ。自分のことは、なにも知らないというやるせなさ。……ぼくのかけがえのない光景の一つです。

**山本**　（うなづいて）すこしわかってきました。

以下五人、多喜二のやり方にならって、「かけがえのない光景」を、語り出す。

**チマ**　女学校が休みンときは、魚市場《うおいちば》で雑役をしてた、授業料を稼ぐためにな。あれは、三年生の夏休みだったか、ひょいと見ると、市場の前をこっちへ、同級生がやってくる。……気がつくと、魚のウロコでびっしりの前掛けで顔を隠してた。

なんぼなんだって、こったなふうに自分をはずかしめてはなんない。その思いだけで、ここまで生きてきた気がするんだもやあ。

**瀧子**　あしたは売られて行くという前の晩、母ちゃがチラシズシ、こしらえてくれた。めったにないご馳走だ。いっつもなら、ワーッとわれ先に手を出す弟や妹が、箸もとらずに頭さげて上目《うわめ》づかいで、かわりばんこにチラシをちら、わたしをちら……あれは泣かさったなあ。あんときだよ、いつかきっと、弟と妹のお腹をチラシズシでいっぱいにしてやんなばなんないって決めたのは。

**ふじ子**　劇団がつぶれて間もなく、別のところからお誘いがありました。火の中からおばあさんを救い出す孫娘、とてもいい役でした。……でも、初日の朝、当局から「火事の場面は丸ごとカット」というお達しがあった。理由は、「火事はアカだ！」……。もう許せないと思いました。

**山本**　大阪の親戚の家でむかえた初めての正月、床の間を背にしたそこの親父さんが、子どもたちを並べてお年玉を配りはじめたのですが……、

五人、「？」となって見る。

山本　……自分は抜かされました。以来、今に見ていろの一念で、どうやらこうやら、やってきたようなものです。

古橋、山本を肩でぐいと押して、

古橋　こうやって、北風すさぶ原っぱで押しくら饅頭をして暖《あった》まっていたわけだ。こうやってな。（また肩で押し、押し返される）母と伯父を亡くしたあと、京都の孤児院に入れられてね、午後三時になると、大きなお盆を、こんなふうに捧げ持って、京都中の住宅街を歩かされた。お盆には、糸、針、タワシ、塗箸……つまり、日用雑貨がのっていて、早い話が「孤児でござーい」が売りものの少年少女行商隊だな。うちのかみさんもその一員でね。

山本　（エヘヘと古橋の肩を押す）……。

古橋　（押し返して）話はまだ終わってない。……で、雨が降ろうと雪がちらつこうと、六時までは帰れない。「もっと売ってこい」っていう院長の雷がおそろしくてね。そこで、近くの原っぱでこう（山本の肩を押し、押し返される）押しくら饅頭で暖まりながら、六時になるのを待つわけだ。一番、強く押してきたのが、うちのかみさんで、いまでも押しが強い。押し売りなんかも、「いらん！」のひと声で、追い払ってしまうんだからな。

古橋と山本、半分、本気で押しくら饅頭をしており、チマと瀧子とふじ子のあいだでも始まっている。
——少し距離を置いて、眺めている多喜二。

**多喜二**　これはぼくの、一番新しい、かけがえのない光景だな。

多喜二、「胸の映写機」を歌い始める。やがて、五人も加わってくる。

**多喜二**

カタカタまわる　胸の映写機
きみの笑顔を　写し出す
たとえば——
二階の窓から　手を振るきみを

浜辺を歩く　裸足のきみを
くらやみ走る　雄々《おお》しいきみを
きみのひとみに　写ったぼくを
ぼくにいのちが　あるかぎり
カタカタまわる　胸の映写機
——カタカタカタ　カタカタカタ
　カタカタカタ　カタカタカタ

## 六人

カタカタまわる　胸の映写機
ひとの景色を　写し出す
たとえば——
一杯機嫌の　さくらのはるを
パラソルゆれる　海辺のなつを
黄金《こがね》の波の　稲田のあきを
布団も凍る　吹雪のふゆを

ひとにいのちが　あるかぎり
カタカタまわる　胸の映写機
――カタカタカタ　カタカタカタ
カタカタカ／

すべてが断ち切られる。
やがて、ピアノが単音を列《つら》ねて行く。

## 九　唄にはさまれたエピローグ

電柱の電灯がゆっくりと浮かびあがってくると、小雪のチラホラと舞う、馬橋、多喜二借家前の、暗い小道。

「八」から三ヵ月余りあと、昭和八年（一九三三）二月下旬。多喜二の告別式（二月二十三日、馬橋の借家）から数日後の午後八時すぎ。

チマ（和服、足袋、角巻《かくまき》、信玄袋とやや大きめな風呂敷包）と瀧子（洋装、ショール、信玄袋）が出てくる。

**瀧子**　上野駅まで持つよ。ここんとこ、横になるヒマもなかったはずだよ。疲れてるに決まってる。

**チマ**　ありがと。母ちゃを小樽へ連れて帰る支度を始めたもンでね、これでけっこう重たいんだよ。助かるよ。

チマ、すなおに風呂敷包を渡し、瀧子はそれを背に負う。チマ、出てきた方を振り返って、

**チマ**　なにもかも、すんでしまったんだねえ。
**瀧子**　（うなづいて）終わってしまったね。
**チマ**　……ア、ふじ子さんに会うようなことがあったら、くれぐれもよろしくな。
**瀧子**　（うなづいて）また、山梨の病院へお見舞いに行くから、よく伝えとく。ふじ子さんの右脚だけどね、多喜二さんが捕まるひと月前に検束されて、そンときに痛めつけられて、もう元へ戻らないかもしれないよ。
**チマ**　かわいそうにねえ。……エ、いま瀧ちゃん、「多喜二さん」て、いわなかったか。
**瀧子**　……わたしが？　いったかなあ。（いきなり）だれだ？

官服の山本巡査、電柱のかげから飛び出す。

山本　はいっ、四ツ谷駅前交番の山本巡査であります。（びっくりしている二人に）わけあって、平《ひら》巡査に降格になりました。なお、古橋さんは、新宿駅の東口交番勤務であります。機会《おり》があったら、ひと声お声を……、

チマ　そんなことをいいにきたのか。

山本　……告別式の日から、勤務時間をやりくりして、お二人が出ていらっしゃるのをお待ちいたしておりました。本庁や築地署から聞き込んだ話をお伝えするのが、自分のつとめだと考えたからであります。

瀧子　どんな話だ。

山本　赤坂溜池付近の福吉町《ふくよしちょう》で逮捕されたときの多喜二先生は、大島銘仙《めいせん》の着物の上に裾の長い二重回し、ネズミ色のソフト帽をかぶって、いま流行のロイドメガネ、一見、名探偵のような変装で……、

瀧子　変装の話はもうたくさんだ。

チマ　そんなことは、お仲間のひとたちから、もう聞いてるよ。

山本　逮捕の寸前、多喜二先生の左右には二人の青年がおりました。一人は若きプ

ロレタリア詩人の今村恒夫、もう一人が三船留吉。この三船が……立場上、いいにくいのでありますが、特高警察がアカの結社内に潜り込ませていたスパイでした。そうとは知らない今村は、先生に、三船を紹介しようとした。もちろん、三船からの知らせで、付近一帯、刑事たちでいっぱい……今村恒夫のことは？

チマと瀧子、山本を食いつくように見ている。

**山本**　多喜二先生といっしょに捕まって、築地署の一号房《いちごうぼう》に入れられました。多喜二先生は廊下を隔てた三号房でした。

**瀧子**　その前に、拷問したんだ。

**山本**　……。

**チマ**　それで！

**山本**　今村は、ずーっと泣いていたそうです。「自分の無知のせいで、大切なひとを特高の手に渡してしまった。おれはバカだ」と喚《わめ》きながら、床に頭をはげしく叩きつけていたそうです。その日の夜、多喜二先生が遺体となって、三号房から運び出されて行くのを見たときは、鉄格子を、あらんかぎりの力で揺すぶって絶叫した、「コーバーヤーシー！」と。

チマ・瀧子　……！

山本　（手帳を取り出して、電灯にかざしながら）ここからは、警視庁に対する裏切りになりますが、小林多喜二は国賊、殺してもかまわぬと決めていた警視庁新撰組は、まず、二度と『蟹工船』のような小説が書けないようにしてしまえと、（ベソをかいている）先生の右の人さし指を折りました。体の二十箇所を錐《きり》で刺しました……。

チマ　もういい！

山本　……。

チマ　どこまでひどいことをされたか……あの子の体を清めながら、この目で、しっかとたしかめた。お医者さまの安田先生は、拷問のあとをくわしく記録してくださった。お仲間の方たちが、あの子の、あのかわいそうな体を、あらゆる角度から写真にとってくださった。演出家の千田是也《せんだこれや》さんは、デスマスクまでとってくださった。……みなさんで、りっぱなお葬式をしてくださったんだ。もういい。

山本　……はいっ。では、四ツ谷駅前交番に戻ります。あんただって、こうしてやってきてくれたんじゃないか。もういい……。

山本、駆け去るところへ、反対側から、古橋が急ぎ足でくる。

**古橋**　……やあ。このたびは。(手を合わせて、拝んで) 近いうちにかならず、お悔やみにまいります。……で、山本くん、きてなかった？　チクショー、とうとう、まかれてしまったかな。

**瀧子**　山本さん、なにか悪いことでもしたの。

**古橋**　……それがなんと、全国交番巡査組合を作るんだとさ。地下でビラまき、水面下でアジ演説、上部《うえ》に知れたら、よくてコレ (クビを切る仕草)、悪けりゃうしろに手がまわる。うちのかみさんにまでビラを渡しにきやがって。山本くん、どっちへ行った？

**瀧子**　あんたの来た方へ行ったみたい。

**古橋**　しまった。もう一本の路地から入ってくればよかったんだ。(急ぎ足で戻りながら) できるだけ近いうちに、お線香をあげにきます。

**チマ**　ありがと。そのときは、小樽へおいで。

古橋には聞こえていなかったようで、

**古橋**　ヤーマーモートー！　このまま行くと、地獄へ行くことになるぞォー。

古橋、叫びながら去る。
チマと瀧子、顔を見合わせて（ピアノ）それからしっかりした足取りで歩き出す。――ゆっくりと暗くなる。
やがて、その暗い向こうから、「胸の映写機」の三番が聞こえてくる。

**六人の俳優**
カタカタまわる　胸の映写機
かれのすがたを　写し出す
たとえば――

明かりが入ってきて、六人の俳優のすがたが見えてくる。

……本を読み読み　歩くすがたを
人さし指の　固いペンダコを
駆け去るかれの　うしろすがたを
とむらうひとの　涙のつぶを
本棚にかれが　いるかぎり
カタカタまわる　胸の映写機
——カタカタカタ　カタカタカタカタ
カタカタカタ　カタカタカタカタ
カタカタカタ　カタカタカタカタ……

〈主要参考文献〉

『小林多喜二全集』第一巻〜第七巻（新日本出版社）
『小林多喜二』（手塚英孝・新日本出版社）
『小林多喜二伝』（倉田稔・論創社）
『日本プロレタリア文学集』全四十一巻（新日本出版社）

〈公演記録〉

作　井上ひさし
演出　栗山民也
音楽　小曽根真
出演
　小林多喜二　井上芳雄
　佐藤チマ　高畑淳子
　田口瀧子　石原さとみ
　伊藤ふじ子　神野三鈴
　古橋鉄雄　山本龍二
　山本正　山崎一

　ピアニスト　小曽根真

美術　伊藤雅子
照明　服部基
音響　山本浩一
振付　井手茂太
衣裳　前田文子
ヘアメイク　鎌田直樹

歌唱指導　伊藤和美
演出助手　大江祥彦
舞台監督　増田裕幸　福本伸生
こまつ座
　支配人　井上麻矢
ホリプロ
　エグゼクティブ・プロデューサー　堀威夫
　プロデューサー　金森美彌子　花里千種

こまつ座＆ホリプロ公演

東京公演
　二〇〇九年十月三日(土)～二十五日(日)
　天王洲　銀河劇場
兵庫公演
　二〇〇九年十月二十八日(水)～三十日(金)
　兵庫県立芸術文化センター　阪急　中ホール
山形公演
　二〇〇九年十一月一日(日)・二日(月)
　川西町フレンドリープラザ

装丁　和田誠
初出　『すばる』二〇一〇年一月号
日本音楽著作権協会(出)許諾
第一〇〇二九二九-〇〇五号

著者　井上《いのうえ》ひさし

組曲《くみきょく》虐殺《ぎゃくさつ》

2010年５月10日　第１刷発行
2020年５月12日　第５刷発行

発行者　徳永真

発行所　株式会社 集英社
〒101-8050　東京都千代田区一ツ橋2-5-10
電話　編集部(03)3230-6100
販売部(03)3230-6393（書店専用）
読者係(03)3230-6080

印刷所　大日本印刷株式会社
製本所　加藤製本株式会社


ISBN978-4-08-771340-4　C0093